OBRAS DA AUTORA PUBLICADAS PELA RECORD

A garota americana
O garoto da casa ao lado
Garoto encontra garota
Ídolo teen
Tamanho 42 não é gorda

Série **O Diário da Princesa**
O diário da princesa
A princesa sob os refletores
A princesa apaixonada
A princesa à espera
A princesa de rosa-shocking
A princesa em treinamento
A princesa na balada

Lições de princesa

Série **A Mediadora**
A terra das sombras
O arcano nove
Reunião
A hora mais sombria
Assombrado
Crepúsculo

Meg Cabot

A PRINCESA
• DE ROSA-SHOCKING •

Tradução de
ANA BAN

4ª EDIÇÃO

EDITORA RECORD
RIO DE JANEIRO • SÃO PAULO
2007

CIP-Brasil. Catalogação-na-fonte
Sindicato Nacional dos Editores de Livros, RJ.

Cabot, Meg, 1967-

C116p   A princesa de rosa-shocking / Meg Cabot; tradução de
4ª ed.   Ana Ban. – 4ª ed. – Rio de Janeiro: Record, 2007.
(Diário da Princesa)

Tradução de: Princess in pink
ISBN 978-85-01-06999-3

1. Literatura juvenil. 2. Romance norte-americano.
I. Ban, Ana. II. Título. III. Série.

05-0386
CDD – 813
CDU – 821.111-3

Título original norte-americano
PRINCESS IN PINK

Copyright © 2004 by Meggin Cabot

Todos os direitos reservados. Proibida a reprodução,
no todo ou em parte, através de quaisquer meios.

Direitos exclusivos de publicação em língua portuguesa para o Brasil
adquiridos pela
EDITORA RECORD LTDA.
Rua Argentina 171 – Rio de Janeiro, RJ – 20921-380 – Tel.: 2585-2000
que se reserva a propriedade literária desta tradução

Impresso no Brasil

ISBN 978-85-01-06999-3

PEDIDOS PELO REEMBOLSO POSTAL
Caixa Postal 23.052
Rio de Janeiro, RJ – 20922-970

EDITORA AFILIADA

Para Abigail McAden,
que sempre fica
linda de rosa-shocking

Agradecimentos

Muito obrigada a Beth Ader, Jennifer Brown, Victoria Ingham, Michele Jaffe, Laura Langlie, Abigail McAden, Colleen O'Connell, June O'Neil, Lisa Russell e, especialmente, Benjamin Egnatz.

"Uma vez eu vi uma princesa (...), ela era toda cor-de-rosa: o vestido, a capa, as flores e tudo."

A PRINCESINHA
FRANCES HODGSON BURNETT

O ÁTOMO

O jornal oficial dos alunos da Albert Einstein High School
Torça pelos Leões da AEHS

Semana de 5 de maio

Volume 45/Edição 17

Vencedores da feira de ciências
Por Rafael Menendez

Os alunos de ciências inscreveram 21 projetos na Feira de Ciências da Albert Einstein High School. Vários deles foram selecionados para participar da competição regional de Nova York, que acontecerá no mês que vem. Judith Gershner, aluna do último ano, recebeu o grande prêmio por exibir o genoma humano. A menção honrosa foi conferida a Michael Moscovitz, aluno do último ano, pelo programa de computador que desenvolveu para simular a morte de uma estrela anã, e para o aluno do primeiro ano Kenneth Showalter, por suas experiências com transfiguração de sexo em lagartixas.

Vitória do time de lacrosse
Por Ai-Lin Hong

Os times principal e principal júnior de lacrosse venceram seus adversários no fim de semana passado. Josh Richter, aluno do último ano, liderou o time principal em uma vitória surpreendente sobre a escola Dwight, por 7 a 6 na prorrogação. O time júnior derrotou a Dwight por 8 a 0. As partidas, bem animadas, foram atrapalhadas por um esquilo estranhamente agressivo do Central Park, que não parava de correr pelo campo. No final, foi enxotado pela diretora Gupta.

A princesa do AEHS passa as férias de primavera construindo moradias para a população carente dos Apalaches
Por Melanie Greenbaum

As férias de primavera foram um período de trabalho para Mia Thermopolis, aluna do primeiro ano da AEHS. Ela que é, como foi revelado no ano passado, a única herdeira do trono de Genovia, passou seus cinco dias de folga ajudando a construir moradias para o projeto Casas para Quem Tem Esperança. "Foi legal. Só não gostei do negócio de não ter banheiro por lá. E também da parte em que martelei meu dedão várias vezes", declarou a princesa a respeito de sua viagem até o sopé das montanhas Smoky para ajudar na construção de casas de dois quartos para a população carente.

Semana do Último Ano
Por Josh Richter
Representante da classe do último ano

A semana de 5 a 10 de maio é a Semana do Último Ano. Chegou a hora de homenagear a classe que está se formando na AEHS, que se esforçou muito para demonstrar liderança durante todo o ano letivo. O calendário da Semana do Último Ano é o seguinte:

Segunda
Banquete da premiação do último ano

Terça
Banquete dos esportes do último ano

Quarta
Debate do último ano

Quinta
Noite de esquetes do último ano

Sexta
Dia de matar aula do último ano

Sábado
Festa de formatura do último ano

Observação da diretora:

O "Dia de matar aula do último ano" é um evento que não conta com a aprovação da diretoria da escola. Todos os alunos têm obrigação de assistir às aulas na sexta-feira, dia 9 de maio. Além disso, foi negado o pedido de alguns alunos das outras séries para que tivessem a permissão de comparecer à festa de formatura sem terem sido convidados por um aluno do último ano.

Aviso para todos os alunos:

Chegou ao conhecimento da diretoria que muitos alunos parecem não saber a letra adequada do Hino Oficial da AEHS. O texto é o seguinte:

Leões Einstein, torcemos por vocês
Vamos lá, sejam corajosos, vamos lá
sejam corajosos, vamos lá, sejam
corajosos
Leões Einstein, torcemos por vocês
Azul e dourado, azul e dourado,
azul e dourado
Leões Einstein, torcemos por vocês
Temos um time que ninguém mais
jamais poderá domar
Leões Einstein, torcemos por vocês
Vamos ganhar o jogo!

É favor observar que, durante a formatura deste ano, qualquer aluno que for pego cantando uma letra alternativa — particularmente pornográfica e/ou sugestiva — para o Hino Oficial da AEHS será retirado do recinto. Reclamações sobre o conteúdo possivelmente militarista demais da música devem ser submetidas por escrito à diretoria da AEHS, e não rabiscadas nas portas dos reservados dos banheiros nem discutidas em programas de TV de alunos em canal a cabo.

Cartas ao editor:

A quem possa interessar:
O artigo de Melanie Greenbaum na edição de *O Átomo* da semana passada sobre os avanços do movimento feminista nas últimas três décadas é risível de tão superficial. A discriminação sexual continua viva e ativa, não só no mundo todo como também aqui nos EUA, nosso próprio país. No estado do Utah, por exemplo, há inúmeros casamentos poligâmicos, envolvendo noivas de até 11 anos, praticados por mórmons fundamentalistas que continuam a seguir as tradições que seus ancestrais trouxeram para o Ocidente em meados do século XIX. Grupos de defesa de direitos humanos estimam que o número de pessoas pertencentes a famílias poligâmicas em Utah é de 50 mil, apesar de a poligamia não ser tolerada pela principal corrente da Igreja dos Mórmons e também de haver severas penas no caso de noivas menores de idade, que podem fazer com que o marido poligâmico ou o líder religioso que organizou o casamento seja condenado a uma pena de até 15 anos de prisão.

Não quero dizer às outras culturas como elas devem viver nem nada disso. Só quero que a srta. Greenbaum pare de olhar o mundo através de lentes cor-de-rosa e escreva um artigo a respeito dos verdadeiros problemas que afetam a população do planeta. A equipe de *O Átomo* deveria, inclusive, dar a oportunidade a outros repórteres de escrever sobre essas questões, em vez de relegá-los ao papo furado do cardápio da cantina.

— Lilly Moscovitz

CLASSIFICADOS
Publique seu anúncio!
Alunos da AEHS pagam 50 centavos a linha

É só alegria
Feliz aniversário, Reggie!
Afinal, você chegou aos 16!
As Helens

Me leva à festa de formatura com você, CF?
Por favor, diga que sim. GD

Feliz aniversário adiantado, MT!
Te adoramos, Seus Súditos Leais

Para MK de MW:
Cresce como uma flor
Meu amor por você
Aonde vai parar
Ninguém vai saber.

Vá à Ho's Deli para comprar tudo de que precisa! Novidades da semana: BORRACHAS, GRAMPOS, CADERNOS, CANETAS. Tem também cards Yu-Gi-Oh! E shake emagrecedor de morango.

À venda: um baixo Fender Precision, azul bebê, nunca usado. Com amplificador e vídeos de instrução. Armário nº 345

À procura de amor: menina do 1º, adora romance/livros, procura garoto mais velho c/ mesmo interesse. Tem que ter + de 1,75 m, nada de caras maldosos, só não-fumantes. DETESTO ROCK PAULEIRA.
E-mail: euamoromance@AEHS.edu

Achados: óculos de metal, na classe de Superdotados e Talentosos. Para fazer a requisição, dê a descrição. Fale com a sra. Hill.

Perdidos: caderno espiral na cantina, mais ou menos no dia 27/4. MATO quem ler! Recompensa pela devolução. Armário nº 510

Cardápio da cantina da AEHS
Apurado por Mia Thermopolis

Segunda	Batata, Pizza de Pão, Nugget de Peixe, Sanduíche de Almôndega, Frango Temperado
Terça	Sopa e Sanduíche, Massa com Frango, Atum no Pão, Pizza Individual, Nachos
Quarta	Salada com Taco, Burrito, Salsicha Empanada com Picles, Salgadinhos, Bife à Italiana
Quinta	Bufê Asiático, Frango à Parmeggiana, Milho, Bufê de Massas, Peixe Frito
Sexta	Feijão, Queijo-Quente, Batata Frita, Asinha de Frango Frita, Pretzel Macio

Quarta, 30 de abril, Biologia

Mia, você viu a última edição do Átomo? — Shameeka

É, acabei de receber meu exemplar. Gostaria que a Lilly parasse de me citar nas cartas ao editor dela. Quer dizer, por ser a única aluna do primeiro ano na equipe do jornal, tenho que pagar o preço. Leslie Cho, a redatora-chefe, começou com o papo furado do cardápio da cantina. Eu estou MUITO FELIZ de cobrir o cardápio toda semana.

Bom, na minha opinião, a Lilly só acha que, se o seu objetivo é mesmo ser repórter algum dia, não vai chegar lá escrevendo sobre asinhas de frango fritas!

Isso não é verdade, de jeito nenhum. Eu já implementei inovações muito importantes na coluna do almoço. Por exemplo, foi minha idéia escrever o nome de todos os pratos com letra maiúscula.

A Lilly só quer o melhor para você.

Deixa pra lá. A Melanie Greenbaum está no time de basquete feminino. Se ela quiser, consegue uma enterrada completa em mim. Acho que não é muito bom para mim a Lilly ficar brigando com ela.

Então...

Então o quê?

Ele já te convidou?????

Quem me convidou para quê?

O MICHAEL JÁ TE CONVIDOU PARA A FESTA DE FORMATURA???????

Ah. Não.

Mia, faltam menos de DUAS SEMANAS para a formatura! O Jeff já me convidou faz UM MÊS. Como você vai conseguir um vestido a tempo se não souber logo se vai ou não? Além disso, você precisa marcar hora para arrumar o cabelo e fazer as unhas e arrumar um buquê, e ele tem que alugar uma limusine e um smoking e fazer reserva para o jantar. Não é só ir comer na pizzaria da esquina, você sabe muito bem. Tem que ir comer e dançar no Maxim! É muito sério!

Tenho certeza de que o Michael vai me convidar logo. Ele está com a cabeça cheia, isso sem falar da banda nova e a faculdade no semestre que vem e tudo o mais.

Bom, é melhor você colocar uma pressão nele. Porque você não vai querer que ele convide no último minuto. Porque daí, se você disser que sim, ele vai ficar sabendo que você estava louca para ele convidar.

Acorda, eu e o Michael estamos namorando. Até parece que dá para eu ir com um outro cara qualquer. Até parece que alguém mais ia me convidar. Quer dizer, não estamos falando de VOCÊ, Shameeka. Não tem uma fila de caras do último ano na porta do meu armário, só esperando pela chance de me convidar para sair, quer dizer. Isso se alguém me convidasse. Porque eu amo o Michael com todas as fibras do meu ser.

Bom, espero que ele convide logo. Porque não quero ser a única do primeiro ano na formatura! Com quem eu vou ao banheiro?

Não se preocupe, eu vou. Oops. O que o professor estava falando mesmo sobre as minhocas do gelo?

A diferença entre elas e as minhocas comuns é que elas _____

A MINHOCA DO GELO
Por Mia Thermopolis

Todo mundo já ouviu falar do perigoso hábitat dos ursos polares, dos pingüins, das raposas do Ártico e das focas: as geleiras. Mas, contrariamente à opinião popular, as geleiras não abrigam só vida em cima e embaixo do gelo, mas também dentro dele.

Recentemente, pesquisadores descobriram a existência de minhocas do tipo centopéia que vivem dentro das geleiras e em outros pedaços de gelo — até mesmo em montinhos de gelo de metano que existem no fundo do golfo do México. Essas criaturas, conhecidas como minhocas do gelo, têm entre 30 e 60 centímetros de comprimento e se alimentam de bactérias quimiossintéticas que crescem no metano, ou então vivem de maneira simbiótica com elas....*

Só 117 palavras. Ainda faltam 133.

COMO É QUE EU POSSO PENSAR SOBRE MINHOCAS DO GELO SE O MEU NAMORADO AINDA NÃO ME CONVIDOU PARA A FESTA DE FORMATURA???????

---

*Sr. Sturgess, os bilhetinhos que eu e a Shameeka estávamos passando tinham tudo a ver com a aula, juro. Mas deixa pra lá.

Quarta, 30 de abril, Saúde e Segurança

M, por que você está com cara de quem acabou de engolir uma meia? — L

O professor substituto de biologia nos pegou — Shameeka e eu — trocando bilhetinhos e mandou cada uma de nós fazer uma redação de 250 palavras sobre as minhocas do gelo.

E daí? Você tinha que encarar como um desafio artístico. Além disso, 250 palavras não são nada para uma jornalista esperta como você. Você devia ser capaz de dar conta disto em meia hora.

Lilly, seu irmão falou alguma coisa sobre a festa de formatura para você?

Hmm. O quê?

A festa de formatura. Você sabe. A formatura do último ano. Aquela que vai acontecer no Maxim no sábado da semana que vem. Ele por acaso comentou se está ou não, hmm, pensando em convidar alguém?

ALGUÉM? O que você quer dizer com ALGUEM? Tipo o CACHORRO dele?

Você sabe do que eu estou falando.

O Michael não fala de coisas como formatura comigo, Mia. As coisas que ele fala comigo são, tipo, se é minha vez de esvaziar o lava-louça, arrumar a mesa ou levar os lencinhos de papel usados que sobram depois das sessões de terapia em grupo do papai e da mamãe de Sobreviventes Adultos de Abdução Alienígena na Infância.

Ah. Bom, eu só queria saber.

Não se preocupe, Mia. Se o Michael for convidar alguém para a festa de formatura, vai ser você.

O que você quer dizer com SE o Michael for convidar alguém para a formatura?

Eu quis dizer QUANDO, tudo bem. Qual é o SEU problema?

Nada. Só que o Michael é meu único amor de verdade e ele vai se formar e portanto se a gente não for à festa neste ano, eu nunca mais vou. A menos que a gente vá quando eu estiver no último ano, só que ainda faltam TRÊS ANOS!!!!!!!!!!! E, além disso, quando esse dia chegar, pode ser que o Michael já esteja fazendo pós-graduação. Ele pode ter uma barba ou qualquer coisa assim!!!!! Não dá para ir à festa de formatura com uma pessoa que tem BARBA.

Estou vendo que você está muito sensível com relação a este assunto. Você está na TPM ou qualquer coisa parecida?

NÃO!!!!!! EU SÓ QUERO IR À FESTA DE FORMATURA COM O MEU NAMORADO ANTES DE ELE SE FORMAR NA FACULDADE E/OU DEIXAR CRESCER QUANTIDADES EXCESSIVAS DE PÊLOS FACIAIS!!!!!!!!! SERÁ QUE TEM ALGO ERRADO NISSO??????

Caramba. Você está total precisando de um remedinho para TPM. E em vez de ficar perguntando para mim se eu acho ou não se o meu irmão vai convidar você para a formatura, acho que você devia perguntar A SI MESMA uma coisa: Por que um ritual de dança antiquado e pagão é tão importante para você?

É importante para mim, só isso, tá?

É por causa daquela vez que a sua mãe não quis comprar o vestido glamour de formatura para a sua Barbie e você teve que fazer um de papel higiênico?

ACORDA!!!! Lilly, eu achava que talvez você tivesse notado que a festa de formatura tem papel fundamental no processo de socialização dos adolescentes. Quer dizer, é só olhar todos os filmes que já foram feitos sobre o assunto:

FILMES QUE MOSTRAM A FORMATURA COMO PEÇA FUNDAMENTAL NO DESENVOLVIMENTO DO ENREDO
Por Mia Thermopolis

A garota de rosa-shocking: Será que Molly Ringwald vai conseguir ir à festa de formatura com o menino rico bonito ou vai com o pobre esquisito? Seja qual for a companhia dela, será que ela acha mesmo que ele vai gostar daquele vestido tipo saco de batata pavoroso que ela mesma fez?

10 coisas que eu odeio em você: Julia Stiles e Heath Ledger. Será que algum dia já existiu um casal mais perfeito? Acho que não. Só precisa da festa de formatura para eles também se convencerem disso.

Sonhos rebeldes: Foi o primeiro papel principal de Nicholas Cage em um filme, e ele representa um roqueiro punk que invade a festa de formatura de uma turminha suburbana que vive no shopping center. Com quem ela vai voltar para casa na limusine: o cara com aquela jaqueta exclusiva ou o de cabelo moicano? Os acontecimentos da formatura é que decidirão.

Footloose — ritmo louco: Não dá para esquecer Kevin Bacon no papel imortal de Ren, convencendo os garotos da cidade onde é proibido dançar a alugar um lugar fora dos limites urbanos para que eles possam afirmar sua independência ao ritmo de Kenny Loggins.

Ela é demais: Rachel Leigh Cook tem que ir à festa de formatura para provar que não é assim tão bitolada quanto todo mundo acha que ela é. E daí acontece que ela é mesmo, mas — esta é a melhor parte da coisa toda — Freddie Prinze Jr. gosta dela do mesmo jeito!!!!!

Nunca fui beijada: A garota-repórter Drew Barrymore se disfarça de aluna para invadir uma festa de formatura a fantasia! Os amigos dela se vestem como uma dupla hélice de DNA, mas Drew é mais esperta e conquista o coração do professor que ela ama com uma roupa de — o que mais? — princesa (ah, tudo bem, é a Rosalinda do Shakespeare. Mas parece uma fantasia de princesa).

E, por fim:

De volta para o futuro: Se Michael J. Fox não conseguir juntar os pais até a festa de formatura, pode ser que ele nem venha a NASCER!!!!!!!!! Provando a importância de formatura não só para o ponto de vista social, mas também BIOLÓGICO!

E *Carrie, a estranha*? Ah, você não acha que baldes de sangue de porco sejam essenciais para o processo de socialização adolescente?

VOCÊ SABE MUITO BEM O QUE EU ESTOU DIZENDO!!!!!!!!!

Tudo bem, tudo bem, fique calma, já entendi o que você quer dizer.

Você só está com inveja porque o Boris não pode convidar você, porque ele também é do primeiro ano, igual a todas nós!

Vou fazer você comer umas proteínas no almoço, porque acho que essa sua mania de ser vegetariana finalmente fez os seus neurônios entrarem em curto-circuito. Você precisa de carne, sabe como é.

Por que é que você está minimizando a minha dor? Tenho uma preocupação legítima aqui, e acho que você precisa levar em conta o fato de que isso não tem nada a ver com a minha dieta nem com o meu ciclo menstrual.

Eu acho mesmo que você precisa se deitar com os pés para cima da cabeça para que o sangue volte a correr no seu cérebro, porque você está sofrendo de um sério problema cognitivo.

Lilly, CALA A BOCA! Estou estressada demais neste momento! Quer dizer, amanhã é meu aniversário de 15 anos, e ainda estou muito longe de alcançar a auto-atualização. Nada dá certo na minha vida: meu pai insiste para que eu passe as férias de julho e agosto com ele em Genovia; minha vida em casa é completamente insatisfatória, isso sem falar na minha mãe grávida que não pára de falar da bexiga e da idéia fixa que ela enfiou na cabeça de dar à luz o meu futuro irmão ou irmã em casa, no SÓTÃO, só com uma parteira — uma parteira! — para ajudar; meu namorado está se formando no ensino médio e vai começar a faculdade, onde vai ser constantemente colocado na presença de colegas de peito grande e blusas pretas de gola alta que gostam de falar sobre Kant; e a minha melhor amiga parece não conseguir entender que a festa de formatura é importante para mim!!!!!!!!!!!!

Você se esqueceu de reclamar da sua avó.

Não, não esqueci. Grandmère está em Palm Springs fazendo um peeling químico no rosto. Só volta hoje à noite.

Mia, eu achei que você se orgulhava de ter uma relação superaberta e honesta com o Michael. Por que você simplesmente não pergunta se ele está pensando em ir?

NÃO POSSO FAZER ISTO! Quer dizer, aí vai ficar parecendo que eu estou pedindo para ele me convidar.

Não, não vai.

Vai, vai sim.

Não, não vai.

Vai, vai sim.

Não, não vai. E nem todas as meninas que vão para a faculdade têm peitão. Você precisa, de verdade, falar com um especialista em saúde mental a respeito dessa fixação absurda que você tem com o tamanho do seu peito. Não é saudável.

Ah, o sinal, GRAÇAS A DEUS!!!!!!!

Quarta, 30 de abril, Superdotados e Talentosos

NÃO É JUSTO. Quer dizer, eu sei que meus amigos têm coisas mais importantes em que pensar do que a festa de formatura: Michael está ocupado com as provas finais e a Skinner Box, a banda dele; Lilly tem o programa de TV dela que, apesar de ser só no canal a cabo, continua inovando na área do telejornalismo toda semana; Tina ainda está procurando um cara para substituir o ex, David Farouq El-Abar, no coração dela; Shameeka é animadora de torcida; e Ling Su tem o Clube de Arte e tal.

Mas ACORDA!!!!!!!! Será que NINGUÉM está pensando na festa de formatura? NINGUÉM MESMO, além de mim e Shameeka??? Quer dizer, é na semana que vem, e o Michael ainda não me convidou. NA SEMANA QUE VEM!!!! A Shameeka está certa, se a gente vai mesmo, precisa começar a planejar desde já.

Mas como vou perguntar para Michael se ele pretende me levar ou não? Não dá para fazer isto. Acaba com o romance da coisa. Quer dizer, já é bem ruim minha própria mãe ter que pedir o namorado em casamento quando descobriu que estava grávida. Quando perguntei a ela como o sr. G pediu a mão dela, minha mãe disse que ele não pediu. Disse que a conversa foi assim:

Helen Thermopolis:	Frank, estou grávida.
Sr. Gianini:	Ah. Tudo bem. O que você quer fazer?

Helen Thermopolis:	Quero me casar com você.
Sr. Gianini:	Tudo bem.

ACORDA!!!!!!!!! Cadê o romance NISSO AÍ???? "Frank, estou grávida, vamos nos casar." "Tudo bem." EEEEECAAAA!!!!

E se fosse assim:

Helen Thermopolis:	Frank, a semente de suas entranhas frutificou no meu útero.
Sr. Gianini:	Helen, nunca ouvi notícia tão deleitosa em todos os meus 37 anos de vida. Você me daria a enorme honra de ser minha noiva, minha alma gêmea, minha parceira para toda a vida?
Helen Thermopolis:	Claro, meu doce protetor.
Sr. Gianini:	Minha vida! Minha esperança! Meu amor! (BEIJO)

É assim que DEVERIA ter sido. Veja só quanta diferença. É muito melhor quando o cara faz o pedido em vez de a mulher ter que pedir para ele.

Então, é óbvio que eu não posso chegar no Michael e falar assim:

Mia Thermopolis:	Então, a gente vai à festa de formatura ou o quê? Porque eu preciso comprar meu vestido.
Michael Moscovitz:	Tudo bem.

NÃO!!!!!!!!! Isto nunca vai dar certo!!!!!!! O Michael é que tem que ME convidar. Ele tem que falar assim:

Michael Moscovitz:	Mia, os últimos cinco meses têm sido os mais mágicos da minha vida. Estar com você é como sentir a brisa refrescante do mar soprando em meu rosto tomado pela paixão. Você é a minha única razão de viver, o motivo pelo qual meu coração bate. Seria a maior honra da minha vida se eu pudesse acompanhá-la à festa de formatura do último ano, onde você tem que prometer dançar todas as músicas comigo, a não ser as rápidas, que são a maior babaquice e por isso nós vamos ficar sentados.
Mia Thermopolis:	Ah, Michael, que surpresa! Eu simplesmente não estava esperando. Mas eu o adoro com todas as fibras do meu ser, então é claro que eu vou à festa com você e vou dançar cada uma das músicas com você, a não ser as rápidas, que são a maior babaquice. (BEIJO)

É assim que deveria ser. Se existe algum tipo de justiça no mundo, é assim que VAI ser.

Mas QUANDO? Quando é que ele vai me convidar? Quer dizer, olhe só para ele ali. É óbvio que ele NÃO está pensando na festa de formatura. Está discutindo com o Boris Pelkowski a respeito da melodia da música nova da banda deles, "Rock-Throwing Youths" (jovens que atiram pedras), uma crítica seca à atual situação do Oriente Médio. Desculpe, mas alguém que está preocupado com o arranjo da música e com a situação no Oriente Médio DIFICILMENTE VAI SE LEMBRAR DE CONVIDAR A NAMORADA PARA A FESTA DE FORMATURA.

É isso que ganho por ter me apaixonado por um gênio.

Não que o Michael não seja um namorado totalmente atencioso. Quer dizer, eu sei que um monte de garotas — como a Tina, por exemplo — morre de ciúme de mim porque eu tenho um companheiro tão gostoso e que ainda me apóia em tudo. Quer dizer, o Michael SEMPRE senta do meu lado para almoçar, menos na terça e na quinta, quando ele tem reunião do Clube do Computador na hora do almoço. Mas, mesmo nesses dias, ele olha para mim, com saudade, da mesa do Clube do Computador do outro lado do refeitório.

Bom, tudo bem, talvez não seja com saudade, mas ele sorri para mim às vezes, quando vê que estou olhando para ele tentando definir com quem ele mais se parece: Josh Hartnett ou um Heath Ledger de cabelo escuro.

Ah, tudo bem. Michael não gosta muito de grandes demonstrações públicas de afeto — o que não é surpresa nenhuma, tendo em vista que, a todo lugar que vou, sou seguida por um sueco de dois metros de altura especializado em artes marciais —, então ele nunca me beija na escola ou pega na minha mão no corredor. Nem coloca a mão no bolso de trás da minha jardineira quando estamos caminhando na rua nem inclina o corpo sobre o meu quando estamos na frente do meu armário como o Josh faz com a Lana...

Mas quando estamos sozinhos... quando estamos sozinhos... quando estamos sozinhos...

Ah, tudo bem, ele ainda não pegou no meu peito. Bom, tirando aquela vez nas férias de primavera quando estávamos construindo aquela casa. Mas acho que pode ter sido por acaso, porque meu martelo estava pendurado na parte da frente da minha jardineira quando Michael o pediu emprestado e não dava para entregar para ele porque eu estava segurando uma placa de revestimento. Então, a mão dele meio que roçou no meu peito sem querer quando ele esticou o braço...

Mesmo assim. Somos absolutamente felizes juntos. Mais do que felizes. Nossa felicidade é cheia de êxtase.

ENTÃO, POR QUE ELE NÃO ME CONVIDOU PARA A FESTA DE FORMATURA?????????????????

Ah, meu Deus. Lilly acabou de se debruçar na minha carteira para ver o que eu estava escrevendo e viu a última parte. É isso que eu mereço por escrever tudo em letra maiúscula. Ela só falou: "Ah, meu Deus, não vá me dizer que você ainda está obcecada com isso."

Como se isso já não fosse bem ruim, o Michael ainda ergueu os olhos e mandou: "Obcecada com o quê?" (!!!!!!!!!!!)

Eu achei que a Lilly ia dizer alguma coisa!!!!!!!!!! Achei que ela ia dizer tipo: "Ah, a Mia só está tendo um embolismo porque você ainda não a convidou para a festa de formatura."

Mas ela só disse o seguinte: "A Mia está trabalhando em uma redação sobre as minhocas do gelo de metano."

O Michael disse "Ah", e voltou a prestar atenção na guitarra.

Mas Boris não deixou barato: "Ah, as minhocas do gelo de metano. Sim, é claro. Se elas se tornarem ubíquas em depósitos de gás no fundo do oceano a pouca profundidade, podem ter impacto significativo sobre a maneira como os depósitos de metano se formam e se dissolvem na água do mar e como exploramos e recolhemos o gás natural para ser usado como fonte de energia."

O que, sabe como é, é bem útil para a redação e tal, mas fala sério. Por que é que ele sabe disso?

Eu não sei como é que a Lilly agüenta esse cara. Não sei mesmo.

Quarta, 30 de abril, Francês

Graças a Deus a Tina Hakim Baba existe. Pelo menos ELA entende como eu me sinto. E AINDA POR CIMA é totalmente solidária a mim. Diz que sempre sonhou em ir à festa de formatura com o homem que ama — tipo a Molly Ringwald sonhava em ir à festa com o Andrew McCarthy em *A garota de rosa-shocking*.

Mas, infelizmente para Tina, o homem que ela ama — ou que já amou — desmanchou com ela por causa de uma menina de aparelho azul-turquesa chamada Jasmine. Mas a Tina diz que vai aprender a amar novamente, se conseguir achar um homem que queira derrubar o muro de proteção emocional que ela ergueu em volta de si depois da traição de Dave Farouq El-Abar. Parecia que Peter Tsu, que Tina conheceu durante as férias de primavera, ia conseguir, mas a obsessão do Peter com o Korn logo a afastou, como aconteceria com qualquer mulher com a cabeça no lugar.

Tina acha que Michael vai me convidar amanhã, no dia do meu aniversário. Para a festa de formatura, claro. Ah, por favor, tomara que seja verdade! Pode ser o melhor presente de aniversário que já ganhei na vida. Exceto quando ganhei o Fat Louie da minha mãe, claro.

Só que espero que ele não faça isso, sabe como é, na frente da minha família. Porque Michael vai sair com a gente para comemorar o meu aniversário. Vamos jantar amanhã com Grandmère, meu pai, minha mãe e o sr. Gianini. Ah, e o Lars, claro. E, no sábado à noite, minha mãe vai fazer uma festa de arromba para mim e todos os meus amigos no sótão — quer dizer, isso se até lá ela ainda for capaz de caminhar, por causa de você-sabe-o-quê.

Mas eu não mencionei o problema da minha mãe com você-sabe-o-quê para o Michael. Acredito em uma relação completamente aberta e honesta com o homem que a gente ama, mas fala sério, algumas coisas ele simplesmente não precisa saber. Tipo que a sua mãe grávida tem problemas com a bexiga.

Só o Michael foi convidado para o jantar e a festa. Todas as outras pessoas, inclusive a Lilly, só foram convidadas para a festa. Acorda, imagine só como não ia ser nada romântico passar o jantar de aniversário com a mãe, o padrasto, o pai de verdade, a avó, o guarda-costa, o namorado e a irmã dele. Pelo menos eu consegui reduzir a lista um pouquinho.

Michael disse que iria aos dois, ao jantar e à festa, o que eu achei muito corajoso da parte dele, o que só serve para comprovar ainda mais que ele é o melhor namorado que já existiu na face da terra.

Mas ia ser demais se eu conseguisse fechar logo com ele esta coisa da festa de formatura.

Tina acha que eu devia ir logo falar com ele. O Michael, quer dizer. Tina agora acredita piamente que a gente tem que ser totalmente direta com os garotos, por causa do jeito como ela ficou fazendo joguinho com o Dave e ele escapou dela para os braços da Jasmine dentes azul-turquesa. Mas eu não sei. Quer dizer, estamos falando da festa DE FORMATURA. É uma ocasião especial. Não quero estragar tudo. Principalmente porque só vou poder ver o Michael durante mais dois meses, antes de o meu pai me arrastar para a Genovia para passar as férias. O que é completamente injusto. "Mas você assinou um contrato, Mia", ele fica repetindo para mim. Meu pai, quer dizer.

É, assinei um contrato, tipo um ano atrás. Tudo bem, sete meses atrás. Como é que eu ia saber naquele tempo que eu estaria loucamente apaixonada? Bom, tudo bem, eu estava completamente apaixonada naquele tempo, mas acorda, era por alguém totalmente diferente. E o objeto verdadeiro da minha afeição não correspondia ao meu amor. Ou, se correspondia — ele diz que sim!!!!!!!!! —, eu não sabia exatamente, não é mesmo?

E agora meu pai quer que eu passe dois meses inteiros longe do homem a quem eu prometi meu amor?

Ah, não. Acho que não vai dar.

Uma coisa é passar o Natal na Genovia. Quer dizer, foram só 32 dias. Mas julho e agosto? Eu tenho que passar dois meses inteiros longe dele?

Bom, isto não vai acontecer de jeito nenhum. Meu pai acha que está sendo muito razoável a respeito da questão, já que, no início, queria que eu passasse as férias INTEIRAS na Genovia. Mas já que a mamãe vai dar à luz em junho, ele está agindo como se fosse uma enorme concessão que está fazendo ao permitir que eu fique em Nova York até o bebê nascer. Ah, só. Valeu, pai.

Bom, mas ele vai ter que ficar bufando sozinho, porque se acha que eu vou passar os últimos dois meses do primeiro verão da minha vida com um namorado de verdade longe deste mesmo namorado então ele que se prepare para uma grande surpresa. Quer dizer, não tem nada para fazer no verão na Genovia. NADINHA. O lugar fica lotado de turistas — bom, Nova York também, mas tanto faz, os turistas de Nova York são diferentes, são bem menos repulsivos do que os que vão para a Genovia — e o Parlamento nem vai estar trabalhando. O que é que eu vou ficar fazendo o dia inteiro? Quer dizer, pelo menos aqui vai ter toda a coisa do bebê, se a minha mãe andar logo e der à luz, o que eu gostaria mesmo que fosse antes de junho porque morar com ela é igual viver com o Pé Grande. Juro por Deus. Ela só fica andando de um lado para o outro e grunhindo para a gente, por causa do peso da bolsa e toda a pressão na você-sabe-o-quê — a minha mãe às vezes compartilha informação DE-MAIS.

E aquele papo de a gravidez ser a época mais mágica na vida de uma mulher? As grávidas não deviam ficar maravilhadas e cheias de glória pelo dom da criação?

Está bem claro que a minha mãe nunca ouviu falar de nenhuma dessas coisas.

A questão é que este é o último verão do Michael antes de ele ir para a faculdade. E, tudo bem, a faculdade para onde ele vai fica a apenas algumas paradas de metrô, mas tanto faz, a gente não vai mais se ver na escola depois disto. Por exemplo, ele não vai mais passar na minha aula de álgebra para me dar bala de morango, como ele fez hoje de manhã, e deixou a Lana Weinberger louca da vida; ela está com ciúme porque o namorado dela, o Josh, NUNCA faz uma surpresa de bala para ela. Não. O Michael e eu temos que passar o verão juntos, fazendo piqueniques românticos no Central Park — só que eu detesto fazer piquenique em parques públicos porque todos os sem-teto ficam em volta olhando para o sanduíche da gente com olho comprido, e daí a gente tem que dar comida para eles porque se sente culpado por ter tanto enquanto outros não têm nada, e eles geralmente nem ficam agradecidos, dizem algo do tipo "eu detesto este tipo de sanduíche", o que é muito desagradável, se você quer saber a minha opinião — e assistindo a Tosca na ópera a céu aberto — só que eu odeio ópera porque todo mundo morre de maneira trágica no fim, mas não faz mal. A gente também pode passear em uma daquelas festas de santos que acontecem no bairro italiano e o Michael pode ganhar um bichinho de pelúcia para mim na barraquinha de tiro — só que ele é contra as armas, por ética, assim como eu, a menos que a pessoa seja policial ou soldado ou qualquer coisa assim, e aqueles bichinhos de pelúcia que eles dão são totalmente feitos por crianças da Guatemala submetidas a trabalho escravo.

Mesmo assim. Poderia ser totalmente romântico, se o meu pai não tivesse estragado tudo.

A Lilly fala que o meu pai tem problemas de abandono, de quando o pai dele morreu e o deixou sozinho com Grandmère, e é por isso que ele está sendo tão rígido nesta questão de passar-o-verão-na-Genovia.

Só que Grandpère morreu quando o meu pai já tinha mais de 20 anos — ele já estava crescidinho —, então não vejo como isso pode ser possível. Mas a Lilly diz que a psique humana funciona de maneiras estranhas e misteriosas e que eu simplesmente devia aceitar isso e seguir em frente.

Acho que a Lilly é que deve ter problemas, porque já faz quatro meses que o programa dela na TV a cabo, *Lilly Tells It Like It Is*, foi escolhido pelos produtores que fizeram o filme baseado em minha vida, mas eles ainda não acharam nenhum estúdio a fim de gravar um episódio-piloto. Mas a Lilly diz que a indústria do entretenimento funciona de maneiras estranhas e misteriosas — igualzinho à psique humana — e que ela já aceitou o fato e seguiu em frente, como eu deveria fazer com essa coisa da Genovia.

MAS EU NUNCA VOU ACEITAR O FATO DE QUE O MEU PAI QUER QUE EU PASSE 62 DIAS INTEIRINHOS LONGE DO HOMEM QUE EU AMO!!!! NUNCA!!!!!!!!!!!!!

A Tina diz que eu devia tentar conseguir um estágio de verão em algum lugar de Manhattan, e daí o meu pai não ia poder me obrigar a ir para a Genovia, porque eu teria que desonrar minhas responsabilidades aqui. Só que eu não conheço nenhum lugar que gostaria de ter uma princesa como estagiária. Quer dizer, o que é que o Lars ia ficar fazendo o dia inteiro enquanto eu estivesse colocando arquivos em ordem alfabética ou tirando xerox ou qualquer coisa assim?

Quando eu entrei na sala, antes de a aula começar, Mademoiselle Klein estava mostrando a algumas garotas do segundo ano uma foto do vestido que ela encomendou na Victoria's Secret para usar na festa de formatura. Ela é a anfitriã, junto com o sr. Wheeton, o técnico de corrida e meu professor de Saúde e Segurança. Eles estão namorando.

A Tina fala que essa é a coisa mais romântica que ela já viu, tirando a minha mãe e o sr. Gianini. Eu não revelei para a Tina a dolorosa realidade de a minha mãe ter pedido o sr. Gianini em casamento, porque não quero despedaçar o sonho mais adorável da cabeça dela. Também escondi o fato de eu achar que o príncipe William nunca vai responder ao e-mail dela. Já que eu dei um e-mail falso para ela, dizendo ser dele. Bom, eu precisava fazer alguma coisa para ela parar de me encher. E tenho certeza de que a pessoa que receber o e-mail principew@windsorcastle.com vai demonstrar grande apreço pelo testemunho de cinco páginas dela sobre quanto ela o ama, principalmente quando ele está usando uniforme de pólo.

Eu meio que me sinto mal por ter mentido para a Tina, mas foi só para ela se sentir melhor. E algum dia eu vou conseguir o e-mail verdadeiro do príncipe William para ela. Só preciso esperar até alguém importante morrer e daí eu vou vê-lo no enterro oficial. Provavelmente não vai demorar muito: a Elizabeth Taylor não está parecendo muito saudável.

Il me faut des lunettes de soleil.
Didier demande d'essayer la jupe.

Eu não sei como alguém que está tão apaixonada pelo sr. Wheeton como a Mademoiselle Klein deve estar pode nos dar tanto dever de casa. O que foi que aconteceu com a primavera, quando o mundo fica todo colorido e o homem que vende balões sai assobiando pelas ruas?

Ninguém que dá aula nesta escola tem um pinguinho de romance dentro de si. O mesmo vale para a maior parte das pessoas que estuda aqui. Sem a Tina, eu estaria totalmente perdida.

Jeudi, j'ai fait de l'aérobic.

DEVER DE CASA

Álgebra: páginas 279-300

Inglês: *The Iceman Cometh*

Biologia: Terminar a redação das minhocas do gelo

Saúde e Segurança: páginas 154-160

Superdotados e Talentosos: Até parece

Francês: *Écrivez une histoire personnelle*

Civilizações Mundiais: páginas 310-330

Quarta, 30 de abril, na limusine, voltando para casa do Plaza

Grandmère sempre sabe quando eu estou preocupada com alguma coisa. Mas ela acha que eu estou preocupada com esse negócio de ir-para-a-Genovia-no-verão. Como se eu não tivesse preocupações muito mais imediatas.

"Vamos aproveitar bastante a temporada em Genovia no verão, Amelia. No momento estão escavando um túmulo que, acredita-se, possa ter pertencido a uma de suas antepassadas, a princesa Rosagunde. Posso afirmar que o processo de mumificação usado em Genovia no século VIII era tão avançado quanto o desenvolvido pelos egípcios. Pode ser que você venha a apreciar o rosto da mulher que fundou a dinastia real de Renaldo."

Que bom. Vou passar o verão olhando para a cavidade nasal de alguma múmia velha. Meu sonho se tornando realidade. Sinto muito, Mia. Nada de ficar com o seu amor em Coney Island. Nada de diversão ensinando criancinhas a ler. Nada de trabalho de férias divertido na Kim's Video, rebobinando *Princesa Mononoke* e *O guerreiro da Estrela Polar*. Não, você vai ter que interagir com um cadáver de mil anos. Oba!

Acho que eu fiquei mais chateada com a coisa toda do Michael do que eu achei que estava, porque no meio da palestra de Grandmère sobre gorjetas — manicure: US$ 3; pedicure: US$ 5; chofer de táxi:

US$ 2 para corridas abaixo de US$ 10, US$ 5 para corridas até o aeroporto; o dobro do imposto para contas de restaurante, menos nos estados em que o imposto é menor do que 8%; etc. —, ela teve um ataque: "AMELIA! QUAL É O SEU PROBLEMA?"

Eu devo ter pulado uns três metros no ar. Eu estava totalmente pensando no Michael. Sobre como ele ia ficar bem de smoking. Sobre como eu podia comprar uma rosa vermelha para ele colocar na lapela, daquela simples, sem borda, porque os caras não gostam de coisa muito enfeitada. E eu podia usar um vestido preto, um daqueles de um ombro só que a Kirsten Dunst sempre usa em estréias de filme, com barra assimétrica e uma fenda do lado e sapatos de salto alto com tiras de amarrar na canela.

Só que Grandmère diz que garotas com menos de 18 anos vestidas de preto são mórbidas, que vestidos de um ombro só com barra assimétrica parecem ter sido feitos assim por acidente e que sapato de salto alto de amarrar parecem o tipo de calçado que o Russell Crowe usava em *Gladiador*, coisa que não fica muito bem na maior parte das mulheres.

Mas tanto faz. Eu posso totalmente colocar *glitter* no corpo. E Grandmère nunca OUVIU FALAR de *glitter* no corpo.

"Amelia!", Grandmère ia dizendo.

Ela não podia gritar muito alto porque a pele ainda estava ardendo do *peeling* químico. Dava para ver porque o Rommel, o poodle toy mais sem pêlo dela, que parece ele mesmo ter feito um ou dois *peelings* químicos, ficava pulando no colo dela e tentando lamber seu rosto, como se fosse um pedaço de carne crua ou qualquer coisa do tipo. Não a ponto de dar nojo, mas a aparência era meio essa. Ou como se, por acidente, Grandmère tivesse ficado na frente de uma daquelas mangueiras que usam em *Silkwood — O retrato de uma coragem* para tirar a radiação de Cher.

"Você ouviu alguma palavra do que eu disse?", Grandmère parecia passada. Principalmente porque o rosto dela estava doendo, tenho certeza. "Isto aqui pode vir a ser muito importante para você algum dia, se por acaso você se vir sem calculadora ou sem a sua limusine."

"Desculpa, Grandmère", respondi. E estava arrependida mesmo. Dar gorjeta é mesmo o que eu faço de pior, devido ao fato de isso envolver matemática e também por precisar pensar rápido de pé. Quando eu peço comida no Number One Noodle Son, eu sempre preciso perguntar quanto deu na hora que eu faço o pedido, para ter tempo de calcular a gorjeta antes que o cara da entrega venha bater na minha porta. Porque se não ele acaba ficando lá parado uns dez minutos até eu descobrir quanto devo dar de gorjeta por um pedido de US$ 17,50. É vergonhoso.

"Não sei por onde a sua cabeça tem andado ultimamente, Amelia", Grandmère disse, toda irritada. Bom, você também ficaria irritada se tivesse pagado para alguém remover duas ou três camadas do seu rosto por um processo químico. "Espero que você não esteja mais preocupada com a sua mãe e aquele parto em casa ridículo que ela está planejando. Eu já disse antes, a sua mãe já se esqueceu completamente das dores do parto. Assim que tiver a primeira contração, ela vai implorar para ir para o hospital para uma boa peridural."

Eu suspirei. Apesar de minha mãe ter escolhido fazer o parto em casa, em vez de ir a um hospital bacana, seguro e limpo — com máscaras de oxigênio e máquinas de doce e médicos gostosos como o dr. Kovac do *Plantão Médico* —, uma coisa preocupante, eu tenho tentado não pensar muito sobre isso... principalmente porque eu suspeito que Grandmère esteja certa. Minha mãe chora igual a um bebê quando tropeça em algum móvel e bate o dedão do pé. Como é que ela vai suportar horas e horas de dores do parto? Ela é bem mais velha agora do que era quando eu nasci. O corpo de 36 anos dela não está em forma para as provações do parto. Ela nem faz ginástica!

Grandmère colocou aquele olho maldoso dela em cima de mim.

"Acredito que o fato de o clima estar começando a esquentar não ajuda em nada", ela disse. "Os jovens têm a tendência de ficar avoados na primavera. E, é claro, tem também o seu aniversário amanhã."

Eu deixei Grandmère acreditar totalmente que era aquilo que estava me deixando distraída. Meu aniversário e o fato de eu e todos os meus amigos estarmos abobados, igual ao Tambor fica na primavera em *Bambi*.

"Você é uma das pessoas mais difíceis de se presentear, Amelia", prosseguiu Grandmère, esticando o braço para pegar o copo de Sidecar e um cigarro. Grandmère faz com que enviem cigarros para ela da Genovia, assim ela não precisa pagar o imposto astronômico que cobram aqui em Nova York na esperança de fazer com que as pessoas parem de fumar porque sai caro demais. Só que não está adiantando nada, porque todo fumante em Manhattan simplesmente pega o trem intermunicipal e vai até Nova Jersey para comprar cigarro.

"Você não é do tipo que gosta de jóias", continuou Grandmère, acendendo o cigarro e dando uma tragada. "E você parece não ter o menor tipo de apreciação pela alta-costura. E parece ainda que você não tem nenhum passatempo."

Eu observei que de fato tenho um passatempo. Não apenas um passatempo, mas uma necessidade: eu escrevo.

Grandmère só fez um sinal com a mão e disse: "Mas não tem nenhum passatempo de verdade. Você não joga golfe nem pinta."

Eu meio que fico magoada pelo fato de Grandmère não achar que escrever seja um passatempo de verdade. Ela vai se surpreender muito quando eu me transformar em escritora com livros publicados. Daí escrever não mais vai ser só meu passatempo, e sim a minha profissão. Talvez o primeiro livro que eu escreva seja sobre ela. Vou chamá-lo de *Clarisse: delírios de uma integrante da realeza* — *Memórias da princesa Mia da Genovia*. E Grandmère não vai poder me processar, igual a Daryl Hannah não pôde processar ninguém quando fizeram aquele filme sobre ela e o John F. Kennedy Jr., porque tudo vai ser 100% verdade. HA!

"O que você QUER de aniversário, Amelia?", perguntou Grandmère.

Eu precisava pensar nesta resposta. Claro que Grandmère não pode me dar o que eu quero MESMO. Mas achei que não ia custar nada pedir. Então, preparei a seguinte lista:

O QUE EU GOSTARIA DE GANHAR NO MEU 15º ANIVERSÁRIO, POR MIA THERMOPOLIS, DE 14 ANOS E 364 DIAS

1. O fim da fome no mundo
2. Um macacão novo, tamanho grande
3. Uma escova de pêlo de gato nova para o Fat Louie — ele roeu o cabo da última
4. Cordas elásticas, de *bungee jump*, para o salão de festa do palácio — para eu fazer balé aéreo igual à Lara Croft em *Tomb Raider*
5. Um irmãozinho ou uma irmãzinha que venha ao mundo com toda segurança
6. Classificação das orcas como animais ameaçados de extinção para que o Puget Sound possa receber financiamento federal para limpar regiões de procriação e alimentação poluídas
7. A cabeça da Lana Weinberger em uma bandeja de prata — brincadeirinha; não, na verdade, não estou brincando
8. Um celular só para mim
9. Que Grandmère pare de fumar
10. Que o Michael Moscovitz me convide para a festa de formatura do último ano

Ao compor esta lista, fiquei triste ao perceber que a única coisa dela que eu provavelmente vou ganhar de aniversário é o item número 2. Quer dizer, eu vou ganhar um irmão ou uma irmã, mas ainda vai demorar um mês, pelo menos. Grandmère não vai aceitar, de jeito nenhum, o negócio de parar de fumar nem o das cordas elásticas. A fome no mundo e o negócio das orcas estão meio fora do alcance das pessoas que eu conheço. Meu pai diz que eu simplesmente ia perder e/ou destruir um telefone celular, igual eu fiz com o laptop que ele me deu — não foi minha culpa; eu só tirei da mochila e coloquei na pia um segundo, enquanto procurava um protetor labial. Não é minha culpa se a Lana Weinberger deu um encontrão nele e que as pias da escola estão todas entupidas. O computador só ficou embaixo d'água uns segundos. Devia ter funcionado normalmente depois que secou. Só que nem o Michael, que além de gênio da música, também é gênio da tecnologia, conseguiu salvar o aparelho.

É claro que Grandmère foi se fixar no item 10 da lista, o único que eu revelei a ela em um momento de fraqueza e que nunca deveria ter mencionado, considerando que dali a 24 horas ela e o Michael compartilhariam da mesma mesa no jantar no Les Hautes Manger para comemorar o meu aniversário.

"O que é esta tal de 'festa de formatura'?", Grandmère quis saber. "Eu não entendo muito dessas coisas."

Não deu para acreditar. Mas também, Grandmère quase nunca vê televisão, nem mesmo reprises de seriados clássicos, como todo mundo da idade dela faz, então é bem provável que ela nunca tenha pegado uma reprise de *A garota de rosa-shocking* em algum canal.

"A gente vai lá e dança, Grandmère", respondi, esticando o braço para pegar a minha lista. "Não é muito interessante."

"E esse garoto Moscovitz ainda não a convidou para esta festa?", Grandmère perguntou. "Quando é?"

"No sábado da semana que vem", informei. "Será que agora você podia devolver a minha lista?"

"Por que você não vai sem ele?", Grandmère quis saber. Soltou uma gargalhada, mas aí pensou melhor, porque acho que o rosto dela doeu de ter que esticar os músculos das bochechas daquele jeito. "Como você fez da outra vez. Assim ele aprende."

"Não dá", respondi. "É só para os alunos do último ano. Quer dizer, os alunos do último ano podem levar alunos de anos abaixo, mas a gente não pode ir sozinha, sem ser convidada. A Lilly acha que eu devia perguntar para o Michael se ele vai ou não, mas..."

"NÃO!", os olhos de Grandmère ficaram esbugalhados. No começo, achei que ela estava se engasgando com um cubo de gelo, mas acontece que ela só estava chocada. Grandmère tem uma linha preta tatuada em toda a volta da pálpebra, igual ao Michael Jackson, então ela não precisa ficar se maquiando todo dia de manhã. Então, quando os olhos dela ficam esbugalhados... bom, dá para notar bem.

"Você não pode fazer isso", insistiu Grandmère. "Quantas vezes eu preciso falar, Amelia? Os homens são iguais a criaturinhas do bosque. Você precisa ludibriá-los com farelinhos de pão e palavras suaves de incentivo. Você não pode simplesmente jogar uma pedra e acertá-los na cabeça com ela."

Eu concordo com isso, com certeza. Não quero jogar pedra nenhuma em ninguém, muito menos no Michael. Mas não tenho certeza sobre as migalhas de pão.

"Bom", eu disse, "então, o que eu faço? A festa de formatura é daqui a menos de duas semanas, Grandmère. Se eu for, preciso saber logo."

"Você precisa dar umas dicas sobre o assunto", sugeriu Grandmère. "Com muita sutileza."

Pensei sobre aquilo.

"Tipo, você está dizendo que eu devo ir lá e falar: 'Eu vi o vestido mais perfeito do mundo para a festa de formatura outro dia no catálogo da Victoria's Secret'?"

"Exatamente", respondeu Grandmère. "Mas é claro que uma princesa nunca compra nada direto em uma loja, Amelia, e NUNCA de um catálogo."

"Certo", respondi. "Mas, Grandmère, você não acha que ele vai ver a minha intenção logo de cara?"

Grandmère deu uma risada, então pareceu arrependida, e encostou o copo de bebida gelada no rosto, para aliviar a pele dolorida.

"Estamos falando de um garoto de 17 anos, Amelia", explicou. "Não um espião-mestre. Ele não vai ter a mínima idéia do que você está dizendo, se for bem sutil."

Mas eu não sei.

Quer dizer, eu nunca fui muito boa com esse negócio de sutileza. Outro dia, que tentei mencionar de modo bem sutil para a minha mãe que Ronnie, nossa vizinha que ela catou no corredor, a caminho do incinerador, talvez não quisesse saber quantas vezes ela precisa se levantar para ir ao banheiro toda noite a esta altura e como o bebê está pressionando a bexiga dela com força. Minha mãe simplesmente olhou para mim e falou assim: "Você está querendo morrer, Mia?"

O sr. Gianini e eu resolvemos que vamos ficar bem aliviados quando este bebê afinal nascer.

E tenho bastante certeza de que a Ronnie concordaria com a gente.

Quinta, 1º de maio, 0h01

Bom, é isso aí. Agora eu tenho 15 anos. Não sou mais menina. Mas ainda não sou mulher. Igualzinho à Britney.

HA HA HA.

Não sinto nada de diferente em relação a um minuto atrás, quando eu tinha 14. E com certeza minha APARÊNCIA continua igual. A mesma esquisitona de 1,80 m de altura e peitos minúsculos que eu era quando fiz 14. Talvez meu cabelo esteja um pouco melhor, já que Grandmère me obrigou a fazer luzes e o Paolo sempre vai cortando as pontas à medida que cresce. Agora está pelo queixo, e não tem mais aquela forma triangular de antes.

Tirando isso, sinto muito, mas não tem nada. Nadinha. Nenhuma diferença. Necas.

Acho que toda a minha quinze-anice vai ser interna, porque com certeza não está aparecendo do lado de fora.

Acabei de dar uma olhada no e-mail para ver se alguém se lembrou, e já recebi cinco mensagens de aniversário: uma da Lilly, uma da Tina, uma do meu primo Hank — não acredito que ELE lembrou; ele é um modelo famoso e a gente quase não se vê mais, o que não faz muita diferença, a não ser quando ele aparece seminu em outdoors e do lado de fora de cabines telefônicas, o que é muito embaraçoso quando ele aparece de cuequinha branca justinha —, um do meu primo príncipe René e um do Michael.

O do Michael é o melhor. Era um desenho que ele mesmo fez, de uma menina com uma tiara de princesa com um gato ruivo grande abrindo um presente gigante. Quando ela tira todo o papel, saem umas palavras bem enfeitadas da caixa: "FELIZ ANIVERSÁRIO, MIA" e, em letras menores, "Com amor, Michael".

Amor. AMOR!!!!!!!!!!!!

Apesar de já estarmos juntos há mais de quatro meses, ainda fico arrepiada quando ele diz — ou escreve — essa palavra. Quando está falando de mim, quer dizer. Amor. AMOR!!!!! Ele me AMA!!!!!

Então, por que é que ele está demorando tanto com essa coisa da festa de formatura? É o que eu queria saber.

Agora que eu tenho 15 anos, chegou a hora de deixar de lado as minhas coisas de criança, igual ao cara da Bíblia, e começar a viver como a adulta que eu estou me esforçando para ser. De acordo com Carl Jung, o famoso psicanalista, para alcançar a auto-atualização — aceitação, paz, contentamento, razão de ser, satisfação, saúde, alegria e felicidade —, é preciso praticar compaixão, amor, caridade, carinho, perdão, amizade, gentileza, gratidão e confiança. Sendo assim, a partir de agora eu prometo:

1. Parar de roer as unhas. Desta vez estou falando sério.
2. Tirar notas decentes.
3. Ser mais simpática com as pessoas, até a Lana Weinberger.
4. Escrever no meu diário todos os dias, de maneira fiel.
5. Começar — e terminar — um romance. De escrever, quero dizer, não ler.
6. Ter publicado algum texto antes dos 20 anos.

7. Ser mais compreensiva com a minha mãe e com o que ela está passando agora que está no último trimestre de gravidez.

8. Parar de usar a lâmina de barbear do sr. G nas minhas pernas. Comprar minhas próprias lâminas.

9. Tentar ser mais compreensiva com as questões de abandono do meu pai, ao mesmo tempo que vou tentar escapar de ter que passar julho e agosto na Genovia.

10. Descobrir um jeito para fazer o Michael Moscovitz me levar à festa de formatura sem recorrer a truques e/ou humilhações.

Depois que eu tiver feito tudo isso, devo ficar totalmente auto-atualizada, pronta para experimentar um pouco de alegria bem merecida. E, de fato, tudo nesta lista é perfeitamente possível. Quer dizer, é verdade que Margaret Mitchell demorou dez anos para escrever ... *E o vento levou*, mas só tenho 15 anos, então mesmo que eu demore dez anos para escrever o meu romance, só vou ter 25 quando ele for publicado, o que só vai significar cinco anos de atraso.

O único problema é que eu não sei sobre o que o meu romance vai ser. Mas tenho certeza de que logo terei uma idéia. Talvez eu devesse começar a treinar com alguns contos ou haicais ou alguma coisa assim.

Já a coisa da festa de formatura... ISTO vai ser difícil. Porque eu realmente não quero que o Michael se sinta pressionado por causa disto. Mas eu PRECISO IR À FESTA DE FORMATURA COM O MICHAEL!!! É A MINHA ÚLTIMA CHANCE!!!!!!!

Espero que a Tina esteja certa, e que o Michael tenha a intenção de me convidar no jantar de hoje à noite.

AH, POR FAVOR, DEUS, PERMITA QUE A TINA ESTEJA CERTA!!!!!!!!!

Quinta, 1º de maio, _Meu Aniversário_, Álgebra

O Josh convidou a Lana para ir à festa de formatura.

Ele convidou ontem à noite, depois do jogo do time principal de lacrosse. Os Leões ganharam. De acordo com a Shameeka, que ficou por lá depois do jogo do time principal júnior, acompanhado pelo grupo de animadoras de torcida dela, foi o Josh que fez o gol que garantiu a vitória. Daí, quando todos os torcedores do Albert Einstein invadiram o campo, o Josh tirou a camisa e a rodou no ar algumas vezes, tipo a Brandi Chastain, mas é claro que Josh não estava usando um top atlético por baixo. A Shameeka disse que ficou chocada com o pouco de pêlo que o Josh tem no peito. Disse que, nesse quesito, ele não passava nem perto do Hugh Jackman.

Isso, assim como os problemas que a minha mãe está tendo com a bexiga dela, é mais do que eu gostaria de saber.

Mas continuando, a Lana estava fora do campo, com o microminivestido sem manga azul e dourado das animadoras de torcida da AEHS. Quando o Josh tirou a camisa, ela entrou correndo no campo, comemorando. Daí ela pulou nos braços dele — o que, considerando que ele estava todo suado, era uma empreitada bem arriscada, se quiser saber minha opinião — e os dois ficaram se beijando de língua até a diretora Gupta ir lá e bater na cabeça do Josh com a prancheta dela. Daí a Shameeka disse que o Josh colocou a Lana no chão e disse: "Você vai comigo à festa de formatura, fofa?"

E a Lana disse que sim, e daí saiu aos berros na direção de todas as outras animadoras de torcida para contar.

E eu sei que uma das minhas resoluções, agora que tenho 15 anos, é ser mais legal com os outros, inclusive com a Lana, mas fala sério, estou me segurando agora para não enfiar meu lápis na nuca dela. Bom, para falar a verdade, não, porque não acredito que a violência seja capaz de resolver nada. Bom, menos quando a questão é se livrar de nazistas e de terroristas e tal. Mas, fala sério, a Lana está toda EXIBIDA. Antes de a aula começar, ela só estava no celular, contando para todo mundo. A mãe dela vai levá-la à loja da Nicole Miller no SoHo para comprar um vestido.

Um pretinho de um ombro só, com barra assimétrica e uma fenda do lado. Também vai à Saks comprar sapatos de salto alto com tiras de amarrar na canela.

Não há dúvidas de que ela também vai colocar *glitter* no corpo.

E eu sei que tenho muita coisa por que agradecer. Quer dizer, tenho:

1. Um supernamorado amável que, quando a limusine real encostou hoje para pegar a Lilly e ele no caminho da escola, me presenteou com uma caixa de minimuffins de canela, meus preferidos, da Manhattan Muffin Company, que ele foi comprar em Tribeca de manhã bem cedo, para homenagear o meu aniversário.

2. Uma melhor amiga excelente, que me deu uma coleira rosa bem forte para o Fat Louie onde se lê Eu Pertenço à Princesa Mia, em letras de strass, que ela mesma colou enquanto assistia a reprises de episódios de *Buffy, a caça-vampiros.*

3. Uma mãe ótima que, apesar de ultimamente falar um pouco demais a respeito de suas funções corporais, mesmo assim conseguiu se arrastar para fora da cama hoje de manhã para me desejar feliz aniversário.

4. Um padrasto maravilhoso que jurou não dizer nada na classe a respeito do meu aniversário e me deixar envergonhada na frente de todo mundo.

5. Um pai que provavelmente vai me dar alguma coisa boa de aniversário quando a gente se vir no jantar hoje à noite, e uma avó que, se não for me dar de fato alguma coisa de que eu goste, vai pelo menos QUERER que eu goste, por mais abominável que a tal coisa seja.

É sério, eu não quero parecer ingrata por tudo isso, porque é muito mais do que muita gente tem. Quer dizer, tipo as crianças que moram na região dos montes Apalaches, elas ficam felizes de ganhar meias, ou qualquer coisa assim, de aniversário, porque os pais delas gastam tudo o que têm em birita.

Mas ACORDA. SERÁ QUE É DEMAIS QUERER GANHAR DE ANIVERSÁRIO A ÚNICA COISA QUE EU SEMPRE QUIS, que é UMA NOITE PERFEITA NA FESTA DE FORMATURA??????????????? Quer dizer, a Lana Weinberger vai ganhar isto, e ela nem está se esforçando para se auto-atualizar. Provavelmente, ela nem sabe o que isso quer dizer. Ela nunca foi simpática com ninguém durante toda a vida dela. Então, por que é que ELA vai à festa de formatura?

Estou dizendo, não existe justiça no mundo.

NENHUMA.

Expressões com radical podem ser multiplicadas ou divididas contanto que a potência da raiz ou o valor sob o radical sejam os mesmos.

Quinta, 1º de maio, *Meu Aniversário,* S & T

Hoje, em homenagem ao meu aniversário, o Michael almoçou na minha mesa, em vez de comer com o Clube do Computador, apesar de ser quinta. Na verdade foi bem romântico, porque além de ele acordar cedo para ir à Manhattan Muffin Company de manhã, também cabulou o quarto tempo e deu uma fugida até o Wu Liang Ye para comprar para mim o macarrão de gergelim frio de que eu tanto gosto e que não dá para comprar na cidade, do tipo que é tão apimentado que exige tomar DUAS latas de Coca para que a língua comece a voltar ao normal depois de comer.

O que foi mesmo muito fofo da parte dele, e foi até um certo alívio, porque eu estava ficando bem preocupada para saber o que o Michael ia me dar de presente de aniversário, porque eu sei que ele deve estar achando que precisa se esforçar muito para compensar o que eu dei para ele de aniversário, tendo visto que foram rochas lunares.

Espero que ele perceba que, por eu ser uma princesa e tal, eu tenho acesso a rochas lunares, mas que eu realmente não espero que os outros me dêem presentes à altura de rochas lunares. Quer dizer, espero que o Michael saiba que eu ficaria feliz com um simples: "Mia, você quer ir à festa de formatura comigo?" E, é claro, uma pulseira de berloques da Tiffany com um berloque que diz Propriedade de Michael Moscovitz para que eu possa usar em todo lugar a que vou e para que, quando o próximo príncipe europeu me convidar para dançar em uma festa, eu possa mostrar a pulseira e falar assim: "Desculpa, você não sabe ler? Eu pertenço ao Michael Moscovitz."

Só que, para a Tina, apesar de que seria totalmente maravilhoso se o Michael me desse isso, ela acha que ele não vai dar, porque dar a uma garota — mesmo que seja a namorada — uma pulseira que diz Propriedade de Michael Moscovitz parece um pouco presunçoso e não é algo que Michael faria. Mostrei para a Tina a coleira que a Lilly tinha me dado para o Fat Louie, mas a Tina disse que não é a mesma coisa.

É errado da minha parte eu querer ser propriedade do meu namorado? Quer dizer, é claro que eu não quero abrir mão da minha própria identidade nem pegar o sobrenome dele nem nada assim se a gente se casasse — por ser princesa, mesmo que eu quisesse, eu não poderia, a não ser que abdicasse do trono. Na verdade, há grande possibilidade de o cara que se casar comigo ser obrigado a pegar o MEU sobrenome.

Eu só, sabe como é, não me importaria com um POUQUINHO de possessividade.

Oh-oh, está acontecendo alguma coisa. O Michael acabou de se levantar e foi até a porta, para se assegurar de que a sra. Hill estava bem instalada na sala dos professores, e o Boris acabou de sair do armário de material, mas o sinal ainda não tocou. O que será que eles estão aprontando?

Quinta, 1º de maio, ainda _Meu Aniversário, Francês_

Acho que eu não precisava me preocupar com o que o Michael ia me dar de aniversário, porque foi bem aí que a banda dele apareceu — isso mesmo, a banda dele, a Skinner Box, bem ali na sala de S & T. Bom, o Boris já estava lá, porque ele tinha que estudar violino durante a aula de S & T, mas os outros integrantes da banda — Felix, o baterista de cavanhaque; Paul, o tecladista alto; e Trevor, o guitarrista — cabularam aula para se juntar na sala de S & T e tocar uma música que Michael escreveu só para mim. Ela se chamava "Princess of My Heart", a princesa do meu coração, e era assim:

> _Coturnos e hambúrgueres vegetarianos_
> _Só de olhar para ela fico arrepiado_
> _Lá vai ela_
> _A princesa do meu coração_

> _Detesta injustiça social e nicotina_
> _Ela não é uma rainha de beleza qualquer_
> _Lá vai ela_
> _A princesa do meu coração_

Refrão:
Princesa do meu coração
Ah, eu nem sei por onde começar
Diga que eu sou seu príncipe
Até o fim da nossa vida.

Princesa do meu coração
Eu te amei desde o início
Diga que você também me ama
Você reina no meu coração

Prometa que você não vai me matar
Com aqueles sorrisos lindos que você dá
Lá vai ela
A princesa do meu coração

Você nem precisa me condecorar
Toda vez que ri, você me arrebata
Lá vai ela
A princesa do meu coração

Refrão:
Princesa do meu coração
Ah, eu nem sei por onde começar
Diga que eu sou seu príncipe
Até o fim da nossa vida.

Princesa do meu coração
Eu te amei desde o início
Diga que você também me ama
Para que juntos possamos reinar.

E dessa vez não houve dúvida de que a música falava sobre mim, como aconteceu naquela vez que o Michael tocou para mim aquela música que tinha escrito, "Tall Drink of Water" (um copo grande d'água)!

Mas eu ia dizendo que a escola inteira ouviu a música que o Michael fez sobre mim, porque a Skinner Box colocou o som dos amplificadores superalto. A sra. Hill, além de todo mundo mais que estava na sala dos professores, saiu de lá, esperou educadamente até que a Skinner Box terminasse a música, e deu advertência para a banda inteira.

E, tudo bem, no dia do aniversário da Mademoiselle Klein, o sr. Wheeton mandou entregar uma dúzia de rosas para ela no meio do quinto tempo. Mas não escreveu uma música só para ela e tocou para a escola inteira ouvir.

Ah, é, e também, a Lana até pode ir à festa de formatura, mas o namorado dela — isso sem falar nos amigos dele — nunca levaram advertência por causa dela.

Então, tirando o negócio de ter-que-passar-julho-e-agosto-na-Genovia — ah, e a coisa da festa de formatura — ter 15 anos até agora está bem bom.

DEVER DE CASA

Álgebra: É de se pensar que o meu próprio padrasto seria legal e não me daria dever no DIA DO MEU ANIVERSÁRIO, mas não

Inglês: *Iceman Cometh*

Biologia: Minhocas do gelo

Saúde e Segurança: Ver com a Lilly

S & T: Até parece

Francês: Ver com a Tina

Civilizações Mundiais: Vai saber

Quinta, 1º de maio, ainda
Meu Aniversário, banheiro feminino no Les Hautes Manger

Tudo bem, admito que este aqui é o melhor aniversário da minha vida. Quer dizer, até a minha mãe e o meu pai estão se dando bem — ou pelo menos estão tentando. Uma graça da parte deles. Estou muito orgulhosa. Dá para ver total que a meia-calça de maternidade da minha mãe está deixando ela louca, mas ela não está reclamando nem um pouco, e o meu pai também não fez nenhum comentário a respeito dos brincos com o símbolo do anarquismo que ela está usando. E o sr. Gianini conseguiu interromper o discurso de Grandmère a respeito do cavanhaque dele (ela não aprova pêlos faciais em homem nenhum) ao dizer que ela parece sempre mais jovem quando ele a vê. O que deu para ver que agradou Grandmère infinitamente, já que ela ficou sorrindo durante o aperitivo (agora ela já consegue mover os lábios de novo, já que a inflamação do *peeling* químico finalmente passou).

Eu fiquei um pouco preocupada, que talvez a observação do sr. G pudesse fazer com que a minha mãe começasse a falar mal da indústria de beleza, como demonstra preconceito com a idade e está sempre querendo difundir o mito de que ninguém pode ser atraente a menos que tenha a pele macia de alguém da minha idade (o que não faz o menor sentido, já que a maior parte das pessoas da minha idade tem espinhas a não ser que tenha dinheiro para pagar um dermatologista chique igual àquele a que Grandmère me obriga a ir e que me receita um monte de cremes de manipulação para que eu possa prevenir surtos que não são dignos de uma princesa), mas ela ficou bem quieta, em minha homenagem.

E quando o Michael chegou atrasado por ter ficado de castigo na escola, por causa da advertência, Grandmère não disse nada desagradável a esse respeito, o que foi o maior alívio, porque o Michael estava meio vermelho, como se tivesse vindo correndo do apartamento dele depois de passar em casa para se trocar. Acho que até Grandmère conseguiu perceber que ele tinha se esforçado muito mesmo para não se atrasar.

E até mesmo uma pessoa totalmente imune às emoções humanas normais, como Grandmère, teria que admitir que o meu namorado era o cara mais bonito do restaurante inteiro. O cabelo escuro do Michael estava meio que caindo em cima de um olho, e ele estava TÃO fofo de paletó (que não é o do uniforme da escola) e de gravata, vestuário obrigatório para o Les Hautes Manger (eu tinha avisado com antecedência).

Aliás, acho que a chegada do Michael foi meio que o sinal para que todo mundo começasse a me dar os presentes que tinham comprado.

E que presentes! Vou dizer uma coisa: eu me dei bem. Ter 15 anos É TUDO!

PAPAI

Tudo bem, o meu pai me deu uma caneta-tinteiro muito chique e que a gente vê que é cara só de pegar. Segundo ele, é para eu dar continuidade à minha carreira de escritora (estou usando a caneta para escrever exatamente agora). Claro que eu preferiria um passaporte para andar de montanha-russa no parque Six Flags Great Adventure durante todo o verão (e permissão de ficar neste país para usá-lo), mas a caneta é bem legal, toda roxa e dourada, e tem gravado nela VM Princesa Amelia Renaldo.

MAMÃE E SR. G

Um celular!!!!!!!!!!!! Que beleza!!!!!!!! Só para mim!!!!!!!!!!

Infelizmente, o telefone foi acompanhado de um sermão da minha mãe e do sr. G, explicando que eles só tinham comprado aquilo para que pudessem me achar quando a mamãe entrasse em trabalho de parto, já que ela quer a minha presença (tipo nunca vai acontecer, devido ao meu desgosto excessivo de ver qualquer coisa saindo de dentro de outra coisa, mas a gente não discute com uma mulher que tem de ir ao banheiro 24 horas por dia) quando meu irmãozinho ou irmãzinha estiver nascendo, e que eu não devo usar o telefone na escola, e que só dá para usar em território nacional, que é para eu não ficar achando que vou poder usá-lo para ligar para o Michael quando estiver na Genovia.

Mas eu não prestei nenhuma atenção, porque OBA! Eu ganhei alguma coisa que estava na minha lista!!!!!

GRANDMÈRE

Bom, isto aqui é bem esquisito mesmo, porque Grandmère de fato me deu uma coisa que estava na minha lista. Só que não foram cordas elásticas, nem uma escova de gato, nem um macacão novo. Foi uma carta declarando que eu era a patrocinadora oficial de uma órfã africana de verdade e viva, chamada Johanna!!!!!!! Grandmère disse: "Eu não posso ajudá-la a acabar com a fome no mundo, mas imagino que posso ajudá-la a mandar uma menininha toda noite para a cama com um bom jantar."

Fiquei tão surpresa que quase soltei: "Mas Grandmère! Você detesta gente pobre!", porque é verdade, ela detesta mesmo. Sempre que ela vê aqueles punks adolescentes que ficam sentados na frente do Lincoln Center com casacos de couro e botas Doc Martens, com aqueles cartazes escritos SEM-TETO E COM FOME, ela sempre dá bronca neles: "Se vocês parassem de gastar todo o dinheiro com tatuagens e piercings no umbigo, poderiam pagar por um cômodo em um cortiço de NoLita!"

Mas acho que a Johanna é um assunto diferente, já que ela não tem pais em Westchester morrendo de preocupação por causa dela.

Eu não sei o que está acontecendo com Grandmère. Eu esperava total que ela fosse me dar uma estola de mink ou qualquer outra coisa igualmente revoltante de aniversário. Mas ter me dado uma coisa que eu queria de verdade... ajudar a sustentar uma órfã morta de fome... quase demonstra que ela se preocupa comigo. Devo dizer, ainda estou meio chocada com a coisa toda.

Acho que a minha mãe e o meu pai sentiram a mesma coisa. Meu pai pediu um drinque Kettle One Gibson depois de ver o que Grandmère tinha me dado, e minha mãe só ficou lá parada, em silêncio, pela primeira vez desde que ficou grávida, mais ou menos. Não estou brincando.

Daí o Lars me deu o presente dele, apesar de não ser correto, de acordo com o protocolo genoviano, receber presentes do guarda-costas (porque veja só o que aconteceu com a princesa Stephanie de Mônaco: o guarda-costas dela lhe deu um presente e eles se CASARAM. O que não teria mal nenhum se eles tivessem alguma coisa em comum, mas está bem claro que o guarda-costas de Stephanie não está nem um pouco interessando em depilação de sobrancelhas, e é óbvio que Stephanie não sabe nada de jiu-jitsu, então a coisa toda já começou meio mal).

De qualquer jeito, deu para ver que o Lars tinha mesmo se esforçado muito para arrumar aquele presente.

LARS

Um boné original do Esquadrão Antibombas do Departamento de Polícia de Nova York, que o Lars conseguiu certa vez com um representante do esquadrão, quando ele estava checando a suíte de Grandmère no Plaza antes de uma visita do papa para ver se não tinha nenhum aparelho incendiário. O que eu achei que foi a MAIOR fofura do Lars, porque eu sei muito bem como ele gosta daquele boné, e só o fato de ele estar disposto a dá-lo para mim já é prova verdadeira da devoção dele, e eu duvido muito que seja da variedade matrimonial, já que eu fiquei sabendo que o Lars está apaixonado pela Mademoiselle Klein, assim como todos os homens heterossexuais que chegam a dois metros de distância dela.

Mas o melhor presente de todos foi o do Michael. Ele não me deu na frente de todo mundo. Esperou até eu me levantar para ir ao banheiro, agorinha há pouco, e veio atrás de mim. Daí, bem quando comecei a descer a escada para o banheiro feminino, ele falou assim: "Mia, isto aqui é para você. Feliz aniversário", e me deu uma caixinha fina embrulhada em papel dourado.

Eu fiquei surpresa de verdade — quase tão surpresa quanto fiquei quando recebi o presente de Grandmère. Eu fiquei toda: "Michael, mas você já me deu um presente! Você escreveu aquela música para mim! Você levou advertência por minha causa!"

Michael falou: "Ah, aquilo. Aquilo não era o seu presente. Este aqui é que é."

E preciso reconhecer, a caixa tinha o tamanho certo e eu achei — achei de verdade — que talvez contivesse entradas para a festa de formatura. Eu achei que talvez, sei lá, que a Lilly tivesse contado para o Michael como eu estava louca para ir à festa, e que daí ele tinha comprado as entradas para fazer uma surpresa para mim.

Bom, foi uma surpresa, certo. Porque o que havia dentro da caixa não eram entradas para a festa de formatura.

Mas, ainda assim, era algo quase tão bom quanto isso.

MICHAEL

Um colar com um pingente de floco de neve pequenininho pendurado.

"É de quando a gente estava na festa Inominável de Inverno", explicou ele, como se estivesse preocupado que eu não fosse entender. "Você se lembra dos flocos de neve de papel que estavam pendurados no teto do ginásio?"

Claro que eu me lembrava dos flocos de neve. Eu tenho um deles, na gaveta da minha mesinha-de-cabeceira.

E, tudo bem, não é a entrada para a festa de formatura nem um berloque com PROPRIEDADE DE MICHAEL MOSCOVITZ escrito, mas chega bem, bem perto.

Então eu dei um beijão no Michael, bem ali perto da escada para o banheiro feminino, na frente dos garçons do Les Hautes Manger e das *hostesses* e da moça da chapelaria e de todo mundo. Não liguei a mínima para quem estava vendo. Até onde eu sei, a revista *US Weekly* poderia ter tirado todas as fotos que quisesse de nós — e até colocar na capa da edição da semana que vem com uma manchete que diz MIA FICA COM UM GAROTO! — E eu nem teria piscado. Era essa felicidade que eu estava sentindo.

Estou. Que eu estou sentindo. Meus dedos tremem enquanto eu escrevo isto, porque acho que, pela primeira vez na minha vida, é possível que eu tenha finalmente, finalmente atingido os galhos superiores da árvore jungiana da auto-atualiz...

Espera um pouquinho. Tem um monte de barulho vindo do corredor. Tipo uns pratos quebrados e um cachorro latindo e alguém gritando...

Ah, meu Deus. É Grandmère que está gritando.

Sexta, 2 de maio, meia-noite, no sótão

Eu devia saber que estava bom demais para ser verdade. Estou falando do meu aniversário. Estava tudo indo bem demais. Quer dizer, nada de convite para a festa de formatura nem cancelamento da minha viagem para a Genovia, mas, sabe como é, estava todo mundo que eu amo (bom, quase todo mundo), sentado na mesma mesa, sem brigar. Eu estava ganhando tudo que eu queria (bom, quase tudo). O Michael tinha escrito aquela música para mim. E o colar de floco de neve. E o celular.

Ah, mas espera aí. É de MIM que a gente está falando. Acho que, aos 15 anos, já está mais do que na hora de reconhecer o que já sei há algum tempo: eu simplesmente não estou destinada a ter uma vida normal. Nada de vida normal, nada de família normal e, com certeza, nada de aniversário normal.

Admito que este aqui poderia ter sido a exceção, se não fosse por Grandmère. Grandmère e Rommel.

Eu pergunto: quem é que leva um CACHORRO a um RESTAURANTE? Não ligo a mínima que isso seja normal na França. NÃO RASPAR EMBAIXO DO BRAÇO É NORMAL PARA AS GAROTAS DA FRANÇA. Será que isso REVELA alguma coisa a respeito da França? Quer dizer, pelo amor de Deus, eles comem LESMAS lá. Como é que uma pessoa com a cabeça no lugar pode achar que alguma coisa normal na França possa ser aceita socialmente nos Estados Unidos?

Vou dizer quem. A minha avó, ela e mais ninguém.

Fala sério. Ela não entende por que todo mundo faz tanto caso. Ela fica toda, tipo: "Mas é claro que eu trouxe o Rommel."

Para o Les Hautes Manger. Para o meu jantar de aniversário. Minha avó levou o CACHORRO para o meu JANTAR DE ANIVERSÁRIO.

Ela diz que é só porque, se deixar o Rommel sozinho, ele fica se lambendo até que o pêlo todo caia. É um distúrbio obsessivo-compulsivo diagnosticado pelo veterinário real genoviano, e Rommel toma remédio de prescrição para amainar o problema.

É isso aí: o cachorro da minha avó toma Prozac.

Mas, se você quiser saber a minha opinião, o Rommel não tem nada de obsessivo-compulsivo. O problema dele é que vive com Grandmère. Se eu tivesse que morar com ela, eu também lamberia o meu cabelo até cair. Isso se a minha língua fosse comprida o bastante para isso.

Mesmo assim, só porque o cachorro dela tem um **distúrbio psiquiátrico**, isso NÃO é desculpa para Grandmère **levá-lo ao JANTAR DO MEU ANIVERSÁRIO.** Em uma bolsa Hermès. **Com um fecho quebrado, nada menos do que isso.**

Por causa do que aconteceu quando eu estava no banheiro feminino. Ah, o Rommel fugiu da bolsa de Grandmère. E saiu em disparada pelo restaurante, desesperado para fugir do cativeiro — mas também, quem não faria a mesma coisa se estivesse sob o jugo tirânico de Grandmère?

Só posso imaginar o que os clientes do Les Hautes Manger devem ter pensado, vendo aquele *poodle toy* despelado de três quilos e meio correndo de um lado para o outro por baixo das mesas. Na verdade, eu sei o que eles pensaram. Eu sei o que eles pensaram porque depois o Michael me contou. Eles acharam que o Rommel era uma ratazana gigante.

E é verdade: assim sem pêlo, ele tem mesmo aparência de roedor.

Mas, ainda assim, não acho que subir na cadeira e se esgoelar de tanto gritar era necessariamente a coisa mais útil a ser feita àquele respeito. Mas Michael disse que vários turistas tiraram câmeras digitais do bolso e começaram a fazer fotos. Tenho certeza que amanhã vai ter a manchete em algum jornal japonês a respeito do problema de ratazanas gigantes no setor dos restaurantes quatro estrelas de Manhattan.

De qualquer jeito, eu não vi o que aconteceu em seguida, mas o Michael me disse que foi igualzinho a um filme do Baz Luhrmann, só que a Nicole Kidman não estava à vista: um auxiliar de garçom que aparentemente não tinha notado o rebuliço entrou andando ligeiro, segurando uma bandeja enorme, cheia de pratos de sopa meio vazios. De repente, o Rommel, que tinha sido encurralado pelo meu pai perto do bufê de salada, saiu correndo e atravessou o caminho do auxiliar de garçom e, no instante seguinte, tinha caldo de lagosta voando para todos os lados.

Ainda bem que a maior parte caiu em cima de Grandmère. Estou falando do caldo de lagosta. Ela merecia totalmente ficar com o tailleur Chanel todo estragado por conta de ser burra o bastante para levar o CACHORRO para o JANTAR DO MEU ANIVERSÁRIO. Então, bem que eu gostaria de ter visto aquilo. Ninguém reconheceria mais tarde — nem mesmo a minha mãe —, mas aposto que foi engraçado mesmo, mesmo, mesmo ver Grandmère coberta de sopa. Juro que se eu só tivesse ganhado isso de aniversário, já teria ficado totalmente contente.

Mas, quando eu saí do banheiro, Grandmère já tinha sido toda limpa pelo maître. Da sopa, só dava para ver várias manchas úmidas no peito dela. Eu perdi toda a parte divertida (como sempre). Em vez disso, cheguei bem na hora em que o maître estava mandando o auxiliar de garçom devolver a toalha dele: estava despedido.

DESPEDIDO!!! E por causa de uma coisa que não era nem um pouco a culpa dele!

Jangbu — este era o nome do auxiliar de garçom — estava com aquela cara de quem vai chorar. Ficava repetindo sem parar que sentia muito. Mas não fazia a menor diferença. Porque quando a gente joga sopa em cima de uma princesa viúva em Nova York, pode dar tchauzinho para seu emprego no ramo dos restaurantes. Seria a mesma coisa se um cozinheiro gourmet fosse pego indo ao McDonald's em Paris. Ou se alguém visse o P. Diddy comprando cueca no Wal-Mart. Ou se a Nicky e a Paris Hilton fossem pegas largadas em uma noite de sábado, com seus moletons da Juicy Couture, assistindo a National Geographic Explorer, em vez de sair para a balada. Simplesmente Não Rola.

Tentei fazer com que o maître fosse razoável com Jangbu, depois que o Michael me contou o que tinha acontecido. Eu disse que não tinha jeito de Grandmère acusar o restaurante pelo que o cachorro

DELA tinha feito. Um cachorro que ela nem DEVIA ter levado ao restaurante para começo de conversa.

Mas não adiantou nada. Quando vi Jangbu pela última vez, ele estava se dirigindo para a cozinha, todo tristonho.

Tentei fazer com que Grandmère, que era, afinal de contas, a parte prejudicada — ou a suposta parte prejudicada, porque é claro que ela não estava nem um pouquinho machucada — fizesse com que o maître devolvesse o emprego de Jangbu. Mas ela não se comoveu nem um pouco com as minhas súplicas em defesa de Jangbu. Ficou inabalável até mesmo quando eu a lembrei de que muitos auxiliares de garçom são imigrantes, novos no país, com família para sustentar no país de origem.

"Grandmère", gritei em desespero. "O que faz o Jangbu ser tão diferente da Johanna, a órfã africana que você está patrocinando em meu nome? Os dois só estão tentando sobreviver neste planeta que chamamos de Terra."

"A diferença", Grandmère informou, segurando Rommel bem apertado no colo, tentando acalmá-lo (precisou da ação conjunta do Michael, do meu pai e do Lars para afinal conseguir pegar o Rommel, logo antes de ele sair correndo pela porta giratória e se perder pela Quinta Avenida, para a liberdade dos trilhos subterrâneos), "entre Johanna e Jangbu é que Johanna não jogou SOPA EM CIMA DE MIM!"

Caramba. Como ela é MESQUINHA às vezes.

Então aqui estou eu, sabendo que em algum lugar da cidade — no Queens, mais provavelmente —, há um jovem cuja família provavelmente vai morrer de fome, e tudo por causa do MEU ANI-

VERSÁRIO. Isso mesmo. Jangbu ficou desempregado porque EU NASCI.

Tenho certeza de que Jangbu, onde quer que esteja agora, está lá achando que eu não deveria. Ter nascido, é o que quero dizer.

E nem posso dizer que o culpo por isso, nem um pouquinho.

Sexta, 2 de maio, 1h, no sótão

Mas o meu colar de floco de neve é muito lindo. Nunca mais eu tiro do pescoço.

Sexta, 2 de maio, 1h05, no sótão

Bom, menos quando eu for nadar. Porque aí eu não vou querer perder.

Sexta, 2 de maio, 1h10, no sótão

Ele me ama!

Sexta, 2 de maio, Álgebra

Ah, meu Deus. Só se fala nisso. Estou falando de Grandmère e o que aconteceu na noite passada no Les Hautes Manger. Hoje deve ser um dia sem notícias, porque até o jornal *The Post* deu a notícia. Estava bem na primeira página, na banca de jornal da esquina:

UMA BAGUNÇA REAL, grita *The Post*.

A PRINCESA E A (SOPA DE) ERVILHA, afirma *The Daily News* (o que é um erro, porque não tinha nada a ver com sopa de ervilha, e sim caldo de lagosta).

Chegou até a *The Times*! É de se pensar que *The New York Times* estaria acima de fazer uma reportagem a respeito de algo assim, mas lá estava ela, na seção das notícias locais. Lilly fez essa observação quando entrou na limusine hoje de manhã com o Michael.

"Bom, desta vez a sua avó conseguiu mesmo", comentou ela.

Como se eu ainda não soubesse! Como se eu já não estivesse sofrendo com a culpa aleijante de saber que eu era, mesmo que de maneira indireta, responsável pela perda do sustento do Jangbu!

Mas preciso reconhecer que minha atenção se desviou um pouco da pena que eu sentia do Jangbu pelo fato de o Michael estar tão incrivelmente gostoso, como toda manhã em que ele entra na minha limusine. Isso porque, quando pegamos ele e a Lilly para ir para a escola, o Michael sempre acabou de fazer a barba, e o rosto dele fica todo lisinho. O Michael não é uma pessoa particularmente peluda, mas é verdade que, no fim do dia — que é quando a gente acaba tendo tempo para se beijar, já que somos os dois um pouco tímidos, acho, e temos o escuro da noite para esconder nossas bochechas coradas — os pêlos faciais do Michael ficam meio que parecendo uma lixa. Na verdade, não consigo parar de pensar que deve ser muito melhor beijar o Michael de manhã, quando o rosto dele está todo lisinho, do que à noite, quando arranha a minha pele. Principalmente o pescoço. Não que eu algum dia tenha pensado em beijar o pescoço do meu namorado. Quer dizer, isso seria muito esquisito.

Mas no que diz respeito ao pescoço dos garotos, o do Michael é bem legal. Às vezes, nas raras ocasiões em que ficamos sozinhos tempo bastante para começar a nos agarrar de verdade, coloco meu nariz perto do pescoço do Michael e simplesmente cheiro. Sei que parece estranho, mas o pescoço do Michael tem um cheiro muito, muito bom mesmo, de sabonete. Sabonete e alguma coisa a mais. Alguma coisa que faz com que eu sinta que nada de ruim pode acontecer comigo, não enquanto eu estiver nos braços do Michael, cheirando o pescoço dele.

MAS SE PELO MENOS ELE PUDESSE ME CONVIDAR PARA A FESTA DE FORMATURA!!!!!!!!! Daí eu poderia passar uma NOITE inteira cheirando o pescoço dele, só que ia parecer que estávamos dançando, então ninguém, nem o Michael, saberia.

Espera aí. O que eu estava dizendo antes de ficar distraída com o cheiro do pescoço do meu namorado?

Ah, sim. Grandmère. Grandmère e Jangbu.

Bom, mas nenhuma das reportagens de jornal a respeito do que aconteceu ontem à noite mencionou a parte do Rommel. Nenhunzinho. Não houve nem mesmo uma sugestão de que a coisa toda podia ter sido culpa de Grandmère. Ah, não! Não mesmo!

Mas a Lilly sabe, porque o Michael contou para ela. E ela tinha muitas coisas a dizer a esse respeito.

"A gente vai fazer o seguinte", começou ela. "Vamos fazer uns cartazes na aula de Superdotados e Talentosos, e daí vamos lá depois da escola."

"Lá onde?", eu quis saber. Eu ainda estava ocupada, olhando para o pescoço lisinho do Michael.

"Lá no Les Hautes Manger", Lilly respondeu. "Para começar a manifestação."

"Que manifestação?" Parece que eu só conseguia ficar pensando se o meu pescoço cheirava tão bem para o Michael quanto o dele cheira para mim. Para falar a verdade, eu nem me lembro se teve alguma vez que o Michael cheirou o meu pescoço. Como ele é mais alto do que eu, é muito fácil para mim colocar meu nariz no pescoço dele e cheirar. Mas para ele cheirar o meu, ele teria que se debruçar em cima de mim, o que pareceria meio esquisito, e ele provavelmente ia ficar com torcicolo.

"A manifestação contra a demissão injusta do Jangbu Panasa!", Lilly gritou.

Ótimo. Agora eu já sei o que vou fazer depois da escola. Como se eu já não tivesse problemas suficientes, levando em conta:

a) Minhas aulas de princesa com Grandmère
b) Dever de casa
c) Preocupação com a festa que a minha mãe vai dar para mim sábado à noite e o fato de que provavelmente ninguém vai aparecer, e mesmo que apareça, é totalmente possível que a minha mãe e o sr. G façam alguma coisa para me deixar envergonhada, tipo reclamar sobre suas funções corporais ou possivelmente começar a tocar bateria
d) Levantamento do cardápio da semana que vem para *O Átomo*
e) O fato de o meu pai achar que eu vou passar 62 dias com ele na Genovia neste ano
f) Meu namorado ainda não ter me convidado para a festa de formatura

Ah, não, eu posso muito bem ESQUECER TUDO ISSO e me preocupar com o Jangbu. Quer dizer, não me compreenda mal, eu estou totalmente preocupada com ele, mas acorda, eu também tenho meus problemas. Como por exemplo o fato de que o sr. G acabou de devolver as provas de segunda, e a minha veio com um enorme C menos em vermelho e o recado: FALE COMIGO.

Hmm, acorda, sr. G, até parece que a gente não acabou de se falar NO CAFÉ DA MANHÃ. Será que você não poderia ter comentado este fato NAQUELA OCASIÃO?

Ah, meu Deus, a Lana acabou de virar para trás e jogou um exemplar do *New York Newsday* na minha carteira. Tem uma foto enorme na primeira página, de Grandmère saindo do Les Hautes Manger com Rommel aninhado nos braços dela, e restos de caldo de lagosta por toda a saia dela.

"Por que tem tanta gente ESQUISITA na sua família?", a Lana quis saber.

Sabe o quê, Lana? Esta é mesmo uma boa pergunta.

Sexta, 2 de maio, Francês

Não dá para acreditar no sr. G. Que coragem ele tem, de sugerir que a minha relação com o Michael está TIRANDO A MINHA ATENÇÃO das aulas! Como se o Michael tivesse feito algum dia alguma coisa além de me ajudar a entender álgebra. Acorda!

Tudo bem, e daí que o Michael vem me visitar todo dia antes de a aula começar? Como é que isso prejudica alguém? Quer dizer, é verdade, a LANA fica louca da vida, porque o Josh Richter NUNCA faz a mesma coisa, porque está ocupado demais admirando seus atributos físicos no espelho do banheiro masculino. Mas como é que ISSO tira a minha atenção das aulas?

Vou ter que ter uma conversa muito séria com a minha mãe, porque acho que o nascimento iminente do primeiro filho dele está transformando o sr. G em um misantropo. E daí que eu tirei 69 na última prova? As pessoas têm direito a um dia livre, não têm? Isso NÃO significa que as minhas notas estão caindo, nem que eu estou passando tempo demais com o Michael, nem que fico pensando sem parar em cheirar o pescoço dele, nem nada desse tipo.

E o sr. G sugerir que eu passei o segundo tempo inteiro escrevendo no meu diário é uma coisa completamente risível. Eu prestei total atenção a respeito do sermãozinho que ele fez a respeito de polinômios nos últimos dez minutos de aula. FAÇA-ME O FAVOR!

E aquela coisa que eu escrevi VM Michael Moscovitz Renaldo 17 vezes na margem inferior da prova foi só uma PIADA. Credo. Sr. G, o que aconteceu? Você costumava ter senso de humor.

Sexta, 2 de maio, Biologia

M,

Então... ele te convidou ontem à noite? No seu jantar de aniversário.

— S

Não.

Mia! Faltam exatamente oito dias para a festa de formatura. Você vai ter que tomar as rédeas da situação e simplesmente perguntar para ele.

SHAMEEKA! Você sabe muito bem que eu não posso fazer isso.

Bom, está chegando a hora da decisão. Se ele não te convidar até a sua festa, amanhã à noite, você não vai poder dizer que sim, nem se ele DE FATO for te convidar. A gente precisa ter um pouco de orgulho!

Isso é muito fácil para uma pessoa como você dizer, Shameeka. Você é animadora de torcida.

Só. E você é princesa.

Você sabe muito bem do que eu estou falando.

Mia, você não pode deixar ele te desprezar desse jeito. Você precisa fazer com que os caras fiquem sempre prestando atenção... não importa quantas músicas eles escrevem para você ou quantos colares de floco de neve eles te dão. Você precisa fazer com que eles percebam que VOCÊ é quem manda.

Às vezes você parece a minha avó falando.

EEEEEEEEEEECAAAAAAAAAA!

Sexta, 2 de maio, S & J

Ah, meu Deus. A Lilly não pára de falar do Jangbu e do infortúnio dele. Olha, eu também sinto muito pelo cara, mas não vou violar a privacidade do coitado tentando achar onde ele mora e o número do telefone dele — principalmente não usando um CELULAR NOVINHO EM FOLHA de uma integrante da realeza.

Eu ainda não fiz NENHUMA ligação nele. NENHUMAZINHA. A Lilly já fez cinco.

Essa coisa do auxiliar de garçom está totalmente fora de controle. A Leslie Cho, redatora-chefe de *O Átomo*, passou na nossa mesa na hora do almoço e perguntou se eu poderia fazer uma reportagem aprofundada a respeito do acontecimento para a edição de segunda-feira. Percebi que finalmente recebi a oferta para dar início à minha carreira de repórter de verdade — e não o papo furado do cardápio da cantina —, mas será que a Leslie acha mesmo que eu sou a pessoa mais apropriada para o serviço? Quer dizer, será que ela não está correndo o risco de a reportagem não ser nada livre de preconceito nem de retratar só um lado da situação? Claro, eu acho que Grandmère estava errada, mas ela continua sendo minha AVÓ, pelo amor de Deus.

Não sei se gostei muito dessa idéia de fazer uma reportagem sobre o que há de podre no mundo no jornal da escola. Escrever um romance em vez de trabalhar para *O Átomo* me parece cada vez mais interessante.

Como é sexta, o Michael estava no bufê pegando um segundo prato de feijão para mim, e a Lilly estava ocupada com outras coisas. A Tina veio me perguntar o que eu ia fazer a respeito de o Michael ainda não ter me convidado para a festa de formatura.

"O que é que eu POSSO fazer?", choraminguei. "Só tenho que ficar aqui sentada esperando, igual a Jane Eyre fez quando o sr. Rochester estava ocupado jogando bilhar com Blanche Ingram e fingindo que não sabia que a Jane estava viva."

Ao que Tina respondeu: "Eu acho mesmo que você devia dizer alguma coisa. Quem sabe amanhã à noite, na sua festa?"

Ah, que beleza. Eu estava meio que ansiosa pela minha festa — sabe como é, menos pela parte que a minha mãe com certeza vai parar todo mundo na porta e falar a respeito da Bexiga Incrivelmente Encolhida dela —, mas e agora? Sem chance. Porque eu sei que a Tina vai ficar olhando para mim a noite inteira, mostrando que ela acha que eu devo perguntar ao Michael sobre a festa de formatura. Que maravilha. Muito obrigada.

A Lilly acabou de me entregar um cartaz gigante. Ele diz: O LES HAUTES MANGER É ANTIAMERICANO!

Observei que todo mundo já sabe que o Les Hautes Manger é antiamericano. É um restaurante francês. Ao que Lilly respondeu: "Só porque o dono nasceu na França, isso não é motivo para ele pensar que não precisa respeitar as leis e os costumes sociais do nosso país."

Eu disse que achei que uma das nossas leis previa que as pessoas podiam contratar e demitir quem bem entendessem. Sabe como é, dentro de certos parâmetros.

"De que lado você está, aliás, Mia?", Lilly quis saber.

Eu respondi: "Do seu, claro. Quer dizer, do lado do Jangbu."

Mas será que a Lilly não percebe que eu já tenho problemas demais para ficar me preocupando com os de um auxiliar de garçom itinerante também? Quer dizer, eu preciso me preocupar com as férias de verão, isso sem falar na minha nota de álgebra e a órfã africana que eu tenho que sustentar. E não acho mesmo que podem esperar de mim que consiga devolver o emprego de Jangbu, se eu nem consigo fazer o meu namorado me convidar para a festa de formatura.

Devolvi o cartaz para a Lilly, explicando que não vou poder ir à manifestação depois da escola, já que tenho que assistir a uma aula de princesa. A Lilly me acusou de estar mais preocupada comigo mesma do que com os três filhos do Jangbu, que vão morrer de fome. Perguntei como é que ela sabia que o Jangbu tinha filhos, porque, até onde eu sei, isso não tinha sido mencionado em nenhuma reportagem de jornal a respeito do acontecido, e a Lilly ainda não tinha conseguido falar com ele. Mas ela só respondeu que estava falando de modo figurado, não literal.

Estou muito preocupada com Jangbu e seus filhos figurativos, é verdade. Mas vivemos num mundo em que cada um depende só de si, e neste momento tenho meus próprios problemas para resolver. Tenho quase certeza de que Jangbu compreenderia.

Mas eu disse à Lilly que tentaria convencer Grandmère a falar com o dono do Les Hautes Manger para recontratar Jangbu. Acho que é o mínimo que eu posso fazer, levando em conta que a minha presença na Terra é a razão por que o sustento desse coitado foi destruído.

DEVER DE CASA
Algebra: Vai saber
Inglês: Não estou nem aí
Biologia: Sei lá
Saúde e Segurança: Faça-me o favor
S & T: Até parece
Francês: Um negócio qualquer
Civilizações Mundiais: Outro negócio

Sexta, 2 de maio, na limusine, voltando para casa do hotel de Grandmère

Grandmère resolveu agir como se nada tivesse acontecido ontem à noite. Como se ela não tivesse levado o *poodle* dela para o meu jantar de aniversário e tivesse feito com que um inocente auxiliar de garçom fosse demitido. Como se o rosto dela não estivesse estampado na primeira página de todos os jornais de Manhattan, menos *The Times*. Ela só ficou falando sobre como no Japão é considerada a maior falta de educação espetar os pauzinhos na tigela de arroz. Aparentemente, se você faz isso, é um sinal de desrespeito para com os mortos ou qualquer coisa assim.

Tanto faz. Até parece que eu vou para o Japão em alguma data próxima. Acorda, parece que eu não vou nem à FESTA DE FORMATURA.

"Grandmère", comecei quando não consegui mais agüentar. "Será que a gente vai falar sobre o que aconteceu no jantar ontem à noite, ou será que simplesmente vamos fingir que não aconteceu nada?"

Grandmère fez uma cara de inocente. "Desculpe-me, Amelia, não sei do que você está falando."

"Ontem à noite", insisti. "No meu jantar de aniversário. No Les Hautes Manger. Você fez com que demitissem o auxiliar de garçom. Estava em todos os jornais hoje de manhã."

"Ah, aquilo." Grandmère deu uma mexida no Sidecar dela, toda inocente.

"Bom?", eu perguntei a ela. "O que você vai fazer a este respeito?"

"Fazer?" Grandmère parecia mesmo surpresa. "Por quê? Nada. O que é que eu posso fazer?"

Acho que eu não devia ter ficado tão chocada. Grandmère consegue olhar só para o umbigo dela mesma quando quer.

"Grandmère, um homem acabou de perder o emprego por sua causa", gritei. "Você precisa fazer alguma coisa! Ele pode morrer de fome."

Grandmère olhou para o teto. "Pelos céus, Amelia. Eu já arrumei uma órfã para você. Você está dizendo que também quer adotar um auxiliar de garçom?"

"Não. Mas, Grandmère, não foi por culpa do Jangbu que ele derramou sopa em cima de você. Foi um acidente. Mas foi causado pelo seu cachorro."

Grandmère tapou os ouvidos de Rommel.

"Não fale tão alto", pediu ela. "Ele é muito sensível. O veterinário disse..."

"Não dou a mínima para o que o veterinário disse", berrei. "Grandmère, você precisa fazer alguma coisa! Meus amigos estão lá na frente do restaurante bem agora, fazendo uma manifestação!"

Só para ser dramática, liguei a televisão e coloquei no canal New York One. Na verdade, não achava que ia ter alguma coisa a respeito do protesto de Lilly. Talvez só alguma coisa sobre um engarrafamento no lugar porque todo mundo que passava por lá ia mais devagar para dar uma espiada no que a Lilly estava aprontando.

Então, dá para imaginar que fiquei bem surpresa quando um repórter começou a descrever "a cena extraordinária na frente do Les Hautes Manger, o restaurante quatro estrelas que está na moda, na rua 57", e mostraram Lilly andando de um lado para o outro com um cartaz grande em que se lia A GERÊNCIA DO LES HAUTES MANGER É INJUSTA. A maior surpresa não foi o grande número de alunos da Escola Albert Einstein que a Lilly tinha convencido a se juntar a ela. Quer dizer, eu achei que ia ver o Boris lá, e não foi exatamente surpreendente ver o Clube dos Socialistas da AEHS lá também, já que eles participam de qualquer manifestação que vêem pela frente.

Não, o maior choque foi que havia um grande número de homens que eu nunca tinha visto junto com a Lilly e os outros alunos da AEHS.

Logo o repórter explicou por quê.

"Auxiliares de garçom de toda a cidade se reuniram aqui na frente do Les Hautes Manger para demonstrar sua solidariedade a Jangbu Panasa, o empregado que foi demitido do restaurante na noite passada, depois de um incidente envolvendo a princesa de Genovia, que anda com seu cachorro."

Mesmo com tudo isso, Grandmère continuou inabalável. Só olhou para a tela e estalou a língua.

"Azul", comentou ela, "não é a melhor cor para a Lilly, não é mesmo?"

Eu não sei mesmo o que vou fazer com essa mulher, falando sério. Ela é totalmente IMPOSSÍVEL.

Sexta, 2 de maio, no sótão

É de se pensar que na minha própria casa eu teria um pouco de paz e sossego. Mas não. Cheguei em casa e encontrei a minha mãe e o sr. G tendo a maior briga. Geralmente, as brigas deles giram em torno de a minha mãe querer ter o bebê em casa com uma parteira e o sr. G querer que o bebê nasça no hospital, com a equipe da Mayo Clinic de plantão.

Mas dessa vez era porque minha mãe quer que o bebê se chame Simone, se for menina, em homenagem a Simone de Beauvoir, e Sartre, se for menino, em homenagem a — bom, um cara aí chamado Sartre, acho.

Mas o sr. G quer que o bebê se chame Rose, se for menina, em homenagem à avó dele, e Rocky, se for menino, em homenagem a... bom, aparentemente ao Sylvester Stallone. O quê, sabe como é, depois de ver o filme *Rocky — O Lutador*, não é necessariamente uma coisa ruim, já que o Rocky era um cara bem legal e tal...

Mas minha mãe diz que nem sob o cadáver dela o filho dela — se ela tiver um filho — vai ter o nome de um boxeador praticamente analfabeto.

Ainda assim, se você quiser saber a minha opinião, Rocky é melhor do que o último nome de menino que eles sugeriram: Granger. Graças a Deus que eu fui olhar no livro de nomes de bebês que eu dei a eles o que *Granger* quer dizer. Porque daí eles ficaram sabendo que *Granger* quer dizer "sitiante" em francês antigo, eles desencanaram total. Quem é que coloca o nome de "Sitiante" em um bebê?

Amelia não quer dizer nada em francês. Dizem que é derivado de *Emily*, ou de *Emmeline*, que quer dizer "criativa" em alemão antigo. O nome Michael, que é em hebraico antigo, significa "Aquele que gosta do Senhor". Então, dá para ver que juntos fazemos um belo par, sendo que uma é criativa e o outro gosta de Deus.

Mas a briga não terminou com a coisa de Sartre-contra-Rocky. Ah, não. Minha mãe quer ir à BJ, uma loja de venda por atacado em Nova Jersey, amanhã, para comprar as coisas da minha festa, mas o sr. G está com medo que terroristas coloquem uma bomba no túnel Holland e prendam todo mundo lá dentro, igual aconteceu no filme *Daylight*, de Sylvester Stallone, e daí a minha mãe pode entrar em trabalho de parto prematuro e ter o bebê no meio de um monte de água vazando do rio Hudson.

O sr. G prefere ir à Paper House, na Broadway, e comprar pratos e copos de aniversário da rainha Amidala.

Acorda, eu espero que eles saibam que eu tenho 15 anos — não meses —, e que sou capaz de entender perfeitamente tudo que eles estão dizendo.

Tanto faz. Coloquei meu fone de ouvido e liguei o computador, na esperança de encontrar algum sossego de todas aquelas vozes exaltadas, mas não tive tanta sorte. A Lilly mal tinha chegado em casa daquele negócio de protesto dela e já tinha mandando um e-mail para todo mundo na escola:

De: WomynRule

ATENÇÃO TODOS OS ALUNOS DA ESCOLA
ALBERT EINSTEIN:

Nós, da Associação de Alunos Contra a Demissão Injusta de Jangbu Panasa (AACDIJP), precisamos muito da sua ajuda e do seu apoio! Junte-se a nós amanhã (sábado, dia 3 de maio), ao meio-dia, para uma manifestação no Central Park, e depois uma passeata de protesto pela 5ª Avenida, até a porta do Les Hautes Manger, na rua 57. Mostre a sua desaprovação sobre a maneira como os donos de restaurantes de Nova York tratam seus empregados! Não ouça quem diz que a nossa geração é materialista. Faça com que ouçam a sua voz!

Lilly Moscovitz, Presidente
AACDIJP

Acorda. Eu não sabia que a minha geração era a Geração Materialista. Como é que pode ser? Eu não tenho quase nada. A não ser um celular. E só tenho faz, tipo, um dia.

Tinha outra mensagem da Lilly. Era assim:

WomynRule: Mia, senti a sua falta hoje na manifestação. Você tinha que ter estado lá, foi simplesmente O MÁXIMO! Vieram auxiliares de garçom até de Chinatown para se juntar ao nosso protesto pacífico. No ar, tinha uma supersensação de companheirismo e carinho! E o melhor de tudo, você nem sabe: o próprio Jangbu Panasa apareceu! Ele tinha ido ao Les Hautes Manger para pegar o último pagamento. E ele ficou mesmo muito surpreso de ver nós todos lá, protestando contra a demissão dele! No começo, ele ficou todo envergonhado e não queria falar comigo. Mas eu falei para ele que, apesar

de eu ter sido criada em uma casa de classe alta, e de os meus pais serem membros da intelligentsia, no coração eu sou tão classe trabalhadora quanto ele, e só desejo o melhor para os representantes do povo no coração. O Jangbu vai à passeata amanhã! Você também deveria ir, vai ser demais!!!!!!!!
— Lilly

PS: Você não me contou que o Jangbu só tinha 18 anos. Você sabia que ele é sherpa? Falando sério. Do Nepal. No país dele, ele já se formou no ensino médio. Veio para cá à procura de uma vida melhor porque o mercado agrícola do país dele entrou em um impasse por causa da política das forças de ocupação da China no Tibet, e o único emprego que os jovens sherpas que não trabalham na agricultura podem conseguir é trabalhar de carregador e de guia no monte Everest. Mas o Jangbu não gosta de altura.

PPS: Você também não me disse que ele era o maior GOSTOSO!!!! Ele parece uma cruza entre o Jackie Chan e o Enrique Iglesias.

Realmente é muito exaustivo quando tanto a sua melhor amiga e o seu namorado são gênios. Juro que eu mal consigo agüentar os dois. Os exercícios mentais que eles fazem realmente estão fora do meu alcance.

Por sorte, também tinha um e-mail da Tina, que tem capacidade intelectual mais parecida com a minha:

ILUVROMANCE: Mia, estive pensando, e resolvi que a melhor hora para perguntar ao Michael se ele vai ou não te convidar para a festa de formatura é mesmo amanhã à noite, durante a sua festa. Acho que a gente tem que organizar uma brincadeira de Sete Minutos no Paraíso (a sua mãe não vai ligar, né? Quer dizer, ela e o sr. G não vão ESTAR LÁ de verdade durante a festa, vão?), e daí, quando você estiver no armário com o Michael, e as coisas ficarem bem quentes para o lado dele, é aí que você tem que perguntar. Acredite em mim, nenhum menino nega nada durante Sete Minutos no Paraíso. Pelo menos, foi isso que eu *li*.

— T

Caramba! Qual é o problema das minhas amigas? Parece que elas vivem em um universo completamente diferente do meu. Sete Minutos no Paraíso? A Tina ficou louca? Eu quero que a minha festa seja LEGAL, com Coca-Cola e Cheetos e talvez Túnel do Tempo se o sr. G me ajudar a afastar o sofá. Eu NÃO quero uma festa em que as pessoas entram no armário para ficar se agarrando. Quer dizer, se eu quiser agarrar meu namorado, vou fazer isso na privacidade do meu próprio quarto... mas é claro que eu não tenho permissão para convidar o Michael para vir em casa quando ninguém mais está lá, e quando ele vem, tenho que deixar a porta do quarto aberta, pelo menos dez centímetros, o tempo todo (obrigada, sr. G. Sabe como é, é a maior chatice ter um padrasto que é professor de ensino médio, porque quem poderia ser melhor para acabar com a festa de uma adolescente se não um professor de ensino médio?).

Vou dizer, entre a minha avó e as minhas amigas, não sei quem é que me dá mais dor de cabeça.

Pelo menos, o Michael deixou um recado legal:

LinuxRulz: Você parecia bem quietinha durante S & T hoje. Está tudo bem?

Ainda bem que posso contar com o meu namorado para me apoiar. Tirando, claro, o fato de ele não me convidar para ir à festa de formatura.

Resolvi ignorar o e-mail da Lilly e o da Tina, mas respondi ao do Michael. Tentei implementar um pouco daquela sutileza de que Grandmère falava outro dia. Não que agora eu tenha começado a aprovar o que Grandmère faz nem nada assim. Mas é preciso dizer que ela já teve bem mais namorados do que eu.

FtLouie: Ei! Está tudo bem comigo. Valeu por perguntar. Só não consigo deixar de sentir que estou me esquecendo de alguma coisa. Mas não consigo descobrir o que é. Só que tem alguma coisa a ver com esta época do ano, acho...

Pronto! Perfeito! Sutil e, ainda assim, exato. E o Michael, por ser um gênio, obviamente vai se ligar. Ou foi o que eu pensei, até receber a resposta... que veio na hora, porque acho que ele também estava *online*.

LinuxRulz: Bom, julgando pelo C que você tirou naquela prova hoje, eu diria que você está se esquecendo de tudo que tem acontecido nas últimas semanas em álgebra. Se você quiser, posso ir aí no domingo e ajudar com a lição de segunda.

— M

Ai meu Deus. Será que alguma outra garota tem um namorado assim tão sem noção? Sem falar, possivelmente, na Lilly? Só que eu acho que até o Boris Pelkowski teria entendido a minha intenção no texto acima.

Estou tão deprimida. Acho que vou para a cama. Está passando uma maratona de *Farscape*, mas não estou no clima de assistir às aventuras espaciais dos outros. As minhas já são bem desconcertantes.

Sábado, 3 de maio, Dia da Grande Festa

Minha mãe enfiou a cabeça no meu quarto de manhã cedo, toda animada, e perguntou se eu queria ir com ela e o sr. G até a BJ para comprar as coisas da festa. Acho que ela ganhou a briga. Normalmente, eu adoro a BJ, porque é um galpão enorme cheio de coisas em tamanho família, e tem amostra grátis de queijo e de pipoca e de tudo o mais. Isso sem falar na loja de bebida em que atendem a gente no carro, em que o sr. G gosta de passar na volta: abrem o porta-malas e enchem de pacotes de Coca-Cola, e a gente nem precisa descer do carro.

Mas hoje, por alguma razão, eu estava deprimida demais até para a loja de bebidas em que a gente entra de carro. Então, só fiquei embaixo das cobertas e disse à minha mãe, com a voz fraquinha, se ela ligava se eu não fosse. Disse que estava com dor de garganta e achava que devia ficar na cama até a hora da festa, só para ter certeza de que eu estivesse me sentindo bem o bastante para participar dela.

Acho que ela não caiu na minha história de estar doente, mas ela não disse nada. Só falou: "Como você quiser", e saiu com o sr. G. O que, considerando o humor dela ultimamente, significa que eu me dei bem.

Eu não sei qual é o meu problema. Nada dá certo. Quer dizer, eu tenho tanto problema... Quero ir à festa de formatura com o meu namorado, só que ele não me convidou, e tenho medo de que ele vá achar que eu estou forçando a barra demais se for falar disso com ele. Não quero passar o verão na Genovia, mas assinei uma porcaria de um contrato dizendo que eu iria, e agora acho que não dá mais para escapar. A minha melhor amiga está tentando fazer tanto bem para a humanidade e tudo o mais, e eu nem posso ir lá segurar um cartaz para ajudá-la, apesar de a pessoa que ela está tentando ajudar ser alguém cuja desgraça é toda culpa minha para começo de conversa. E a minha nota de álgebra está começando a desabar de novo, e eu não estou nem aí.

Realmente, com todo este peso em cima dos meus ombros, que escolha eu tenho a não ser ligar a TV naquele canal de filmes sobre mulheres importantes, o Lifetime Movie Channel for Women? Talvez, se eu assistir a alguns filmes sobre mulheres de verdade que ultrapassaram obstáculos realmente intransponíveis, eu encontre coragem para enfrentar os meus.

Ei, pode dar certo.

Sábado, 3 de maio, 19h30, meia hora antes de a minha festa começar

Parece que ligar a TV no Lifetime Movie Channel for Women não foi uma idéia tão boa assim. Eu só fiquei me sentindo inadequada. Fala sério, não sei quem pode assistir àqueles filmes sem se sentir mal consigo mesma. Quer dizer, aqui está uma pequena amostra do que essas mulheres fizeram:

O Seqüestro do Vôo 847: a História de Uli Derickson — Lindsey Wagner, de *A mulher biônica*, salva todos os passageiros, menos um, nesta história real de um seqüestro de avião em meados dos anos 1980. No filme, Uli convence os seqüestradores a poupar a vida dos passageiros quando canta uma música popular bem emocionante, fazendo com que os olhos dos seqüestradores se encham de lágrimas.

Infelizmente, eu não sei nenhuma canção popular, e as músicas que eu conheço, tipo "I Love Myself Today (Uh-Huh)", do Bif Naked — provavelmente não acalmariam ninguém, muito menos um seqüestrador.

O Seqüestro de Kari Swenson — A mulher de Michael J. Fox, Tracy Pollan, é a estrela dessa história real de uma biatleta olímpica que é seqüestrada por caipirões que querem se casar com ela. Eca! Como se acampar já não fosse ruim o suficiente. Imagine só ter que acampar com gente que nunca toma banho. Mas Kari consegue fugir e ganha a medalha de ouro, e os criminosos vão para a cadeia, onde são obrigados a se barbear e escovar os dentes todos os dias.

Eu, no entanto, não sou biatleta nenhuma. Nem sou atleta; se eu fosse seqüestrada por caipirões, eu provavelmente começaria a chorar, até eles me soltarem de tanto desgosto.

Um Grito de Socorro: A História de Tracey Truman — Jo, de *The Facts of Life*, é atacada brutalmente pelo marido enquanto policiais observam, daí ela processa a polícia por não tê-la protegido e ganha, o que a transforma em heroína de todas as vítimas de espancamento doméstico.

Mas eu tenho um guarda-costas. Se alguém tentar me atacar, o Lars acerta essa pessoa na mesma hora com sua pistola paralisante.

Terror Repentino: O Seqüestro do Ônibus Escolar nº 17 — Maria Conchita Alonso, logo depois do papel de Amber, que fez em *Maratona da morte*, faz o papel de Marta Caldwell, a motorista corajosa de um ônibus escolar para alunos especiais que é seqüestrado por um maluco que está bravo com a Receita Federal. Sua conduta calma e gentil faz com que o seqüestrador fique imóvel tempo o bastante para que um integrante da SWAT dê um tiro na cabeça dele através da janela do ônibus, para o horror dos passageiros, que ficam todos respingados de sangue e de tecido cerebral do cara.

Mas eu vou de limusine para a escola, então as chances de isso acontecer são bem remotas.

Ela Acordou Grávida — Essa é a história verdadeira de uma mulher cujo dentista mantém relações sexuais com ela enquanto ela está sob a anestesia para fazer um tratamento de canal. Daí o dentista ainda tem a coragem de dizer que ele e a paciente tinham um caso e que ela está inventando essa história de estupro para que o marido não fique bravo porque ela vai ter um bebê... até que uma policial vai ao consultório disfarçada de paciente e os policiais usam uma câmera disfarçada de batom para pegar o dentista no ato, tirando a blusa da policial!

Mas isso nunca aconteceria comigo, porque eu não tenho nada na área peitoral que pudesse interessar a alguém, nem a um dentista psicopata.

Aterrissagem Milagrosa — Connie Sellecca faz o papel da Primeira Oficial Mimi Tompkins, que conseguiu pousar o vôo 243 depois de o teto do avião ter saído no meio do vôo devido ao desgaste do metal. Ela não é a única pessoa corajosa naquele vôo, já que também tinha uma comissária de bordo que ficava indo ver como estavam as pessoas da parte da frente do avião, onde não havia teto, e ficava dizendo a elas que ia ficar tudo bem, apesar de elas estarem com pedaços gigantes do tapete do avião amarrados na cabeça.

Eu nunca seria capaz de pousar um avião, nem de dizer a pessoas com ferimentos gigantescos na cabeça que elas iriam ficar bem, porque eu estaria vomitando um montão.

Fala sério, eu não sei como é que se pode esperar de alguém que simplesmente saia da cama se sentindo feliz depois de ver filmes como esses.

Pior ainda, por acaso eu peguei alguns minutos de *Bichos de estimação milagrosos*, e fui obrigada a reconhecer que, como bicho de estimação, o Fat Louie está bem no fim da escala, no que diz respeito à inteligência. Quer dizer, no programa tinha um burro que salvou o dono de cães selvagens, um papagaio que salvou os donos de um incêndio em casa, um cachorro que salvou a dona de morrer de choque de insulina quando ficou sacudindo ela de levinho, até que ela engolisse uma bala, e um gato que reparou que o dono estava inconsciente e sentou no botão de discagem automática de emergência e ficou miando até chegar ajuda.

Sinto muito, mas o Fat Louie não peitaria cães selvagens, provavelmente se esconderia em um incêndio, não saberia a diferença entre uma bala e um buraco na parede e não saberia sentar no botão de discagem automática da emergência se eu estivesse inconsciente. Na verdade, se eu estivesse inconsciente, o Fat Louie provavelmente só ficaria sentado do lado da tigela de comida chorando, até a nossa vizinha, a Ronnie, acabar ficando louca e chamar a síndica para abrir a porta e calar a boca do gato.

Até o meu gato é um fracasso.

Pior ainda, minha mãe e o sr. G se divertiram muito na BJ, sem mim. Bom, menos na hora que a minha mãe precisava mesmo fazer xixi e eles estavam totalmente presos no meio do túnel Holland, de modo que ela teve que segurar até chegarem ao primeiro posto Shell do outro lado, e quando ela correu até o banheiro feminino e a porta estava trancada e ela quase arrancou o braço do frentista que lhe entregou a chave quando a puxou com tudo da mão dele.

Mas acharam toneladas de coisas da rainha Amidala, inclusive calcinhas (para mim, não para os convidados da festa, claro). Minha mãe enfiou a cabeça no quarto quando eles chegaram em casa para me mostrar o pacote de seis calcinhas da Amidala que ela tinha comprado, mas não consegui demonstrar nenhum entusiasmo, apesar de ter tentado.

Talvez eu esteja de TPM.

Ou talvez o peso da minha recém-descoberta feminilidade, já que agora eu tenho 15 anos, seja demais para mim.

E eu devia mesmo estar feliz, porque o sr. G pendurou um monte de faixas da rainha Amidala por todo o sótão, e colocou luzinhas de Natal brancas nas tubulações do teto, e colocou uma máscara da rainha Amidala no busto do Elvis em tamanho natural da mamãe. Ele até prometeu que não vai ficar batucando na bateria dele para acompanhar a música (um mix cuidadosamente selecionado por Michael, que inclui todos os meus lançamentos preferidos do Destiny Child e do Bree Sharp).

QUAL É O MEU PROBLEMA???? Será que tudo isto é só porque o meu namorado ainda não me convidou para a festa de formatura? Por que é que eu ligo para isso? Por que não posso ficar feliz com o que tenho?

POR QUE É QUE EU NÃO POSSO FICAR FELIZ COM O SIMPLES FATO DE TER UM NAMORADO E DEIXAR AS COISAS ASSIM MESMO?

Esta festa foi uma péssima idéia. Não estou nem um pouco em clima de festa. O que é que eu estava pensando, dar uma festa? EU SOU UMA PRINCESA NERD NADA POPULAR!!!!! UMA PRINCESA NERD NADA POPULAR NÃO DEVERIA DAR FESTAS!!!!!!!!! NEM MESMO QUE SEJA SÓ PARA OS AMIGOS NERDS E NADA POPULARES DELA!!!!!!!!!

Ninguém vai aparecer. Ninguém vai aparecer, e eu vou acabar ficando sentada aqui sozinha a noite inteira, com as luzinhas de Natal piscantes e as porcarias das faixas da rainha Amidala, o Cheetos, a Coca-Cola e o mix do Michael, SOZINHA.

Ah, meu Deus, o interfone acabou de tocar. Alguém chegou. Por favor, meu Deus, me dê forças para que eu sobreviva a esta noite. Me dê a força de Uli, Kari, Tracey, Marta, aquela moça paciente do dentista, Mimi e a comissária de bordo. Por favor, isto é tudo o que eu peço. Obrigada.

Domingo, 4 de maio, 2h

Bom, é isso aí. Acabou. A minha vida acabou.

Gostaria de agradecer a todos aqueles que ficaram ao meu lado nos momentos mais difíceis: minha mãe, antes de se transformar em uma massa tremelicante de cem quilos de hormônios sem bexiga; o sr. G, por ter tentado salvar a minha média; e o Fat Louie, por simplesmente ser, bom, o Fat Louie, apesar de ser totalmente inútil quando comparado aos animais de *Bichos de estimação milagrosos*.

Mas ninguém mais. Porque todas as outras pessoas que eu conheço obviamente fazem parte de alguma conspiração nefasta para me levar à loucura, igual à Bertha Rochester.

Pegue a Tina, por exemplo. A Tina, que chega na minha festa e a primeira coisa que faz é me pegar pelo braço e me arrastar para o meu quarto, onde todo mundo ia deixar o casaco, e me fala: "A Ling Su e eu já planejamos tudo. A Ling Su vai distrair a sua mãe e o sr. G, e daí eu vou anunciar o jogo Sete Minutos no Paraíso. Quando for a sua vez, você leva o Michael para o armário e começa a beijá-lo e quando chegar ao auge da paixão, você pergunta sobre a festa de formatura."

"Tina!" Eu fiquei bem chateada. E não só porque eu também achei o plano dela bem fraquinho. Não, eu fiquei de mau humor porque a Tina estava usando *glitter* no corpo. Fala sério! Tinha passado no colo todo. Como é que eu nem consigo achar *glitter* de corpo para comprar? E mesmo que eu achasse, será que eu ia conseguir passar no colo todo? Não. Porque eu sou o maior tédio.

"A gente não vai brincar de Sete Minutos no Paraíso na minha festa", informei.

A Tina ficou arrasada: "Por que não?"

"Porque esta é uma festa de nerd! Pelo amor de Deus, Tina! A gente é um monte de nerd. A gente não brinca de Sete Minutos no Paraíso. Esse é o tipo de coisa que gente como a Lana e o Josh faz nas festas deles. Em festas de nerd, a gente brinca de jogo do copo, de largar o peso do corpo nas mãos dos outros como prova de confiança e essas coisas. Mas a gente não brinca de beijar!"

Mas a Tina bateu o pé e afirmou que os nerds brincam SIM de beijar.

"Porque, se não fizerem isso", ela observou, "como é que você acha que os nerdzinhos nascem?"

Sugeri que os nerdzinhos são feitos na privacidade doméstica, depois que os nerds se casam, mas a Tina já não estava nem mais ouvindo. Ela saiu borboleteando para a sala, para receber o Boris que, na verdade, tinha chegado meia hora antes, mas, como não queria ser o primeiro, ficou parado no hallzinho de entrada durante 30 minutos, lendo todos os cardápios de comida chinesa que os entregadores tinham enfiado embaixo da porta.

"Cadê a Lilly?", perguntei ao Boris, porque achei que os dois iam chegar juntos, tendo visto que estão namorando e tal.

Mas o Boris disse que não via a Lilly desde a passeata no Les Hautes Manger, à tarde.

"Ela estava no grupo da frente", ele explicou para mim, parado do lado da mesa de refrescos (na verdade, a nossa mesa de jantar), enfiando um monte de Cheetos na boca. Um montão de pó laranja ficou preso no aparelho dele. Era uma cena estranhamente fascinante de assistir, de um jeito completamente nojento. "Você sabe, com o megafone, puxando o coro. Foi a última vez que a gente se viu. Fiquei com fome e parei para comer um cachorro-quente e, quando me dei conta, tinham seguido em frente sem mim."

Eu disse para o Boris que aquilo era, exatamente, o objetivo de uma passeata... que as pessoas supostamente seguem em frente, sem esperar os integrantes do grupo que param para comer um cachorro-quente. O Boris pareceu meio surpreso ao ouvir isso, o que acho que não é nada surpreendente, já que ele veio da Rússia, onde fazer passeata por qualquer coisa foi proibido durante muitos anos, a não ser passeatas para a glorificação de Lênin ou qualquer coisa assim.

Mas, bom, o negócio é que o Michael foi o próximo a chegar, trazendo o CD mixado para tocar. Pensei em chamar a banda dele para tocar na festa, já que eles sempre estão atrás de lugares para se apresentar, mas o sr. G disse que de jeito nenhum, que ele já arruma confusão demais com o nosso vizinho de baixo, Verl, só de tocar a bateria dele. Uma banda inteira podia deixar o Verl louco de vez. Ele vai para a cama todo dia, impreterivelmente, às 21h, para poder acordar antes do nascer do sol e registrar as atividades dos vizinhos do outro lado, que ele acredita serem alienígenas enviados a este planeta para nos observar e fazer relatórios para a nave-mãe, como preparativo para uma futura guerra interplanetária. O pessoal que mora do outro lado não me parece nada alienígena, mas eles *são* alemães, então dá para ver por que o Verl pode ter cometido esse erro.

O Michael, como sempre, estava o maior gostoso. POR QUE ele sempre tem que estar tão lindo, toda vez que a gente se vê? Quer

113

dizer, é de se pensar que a esta altura eu já estaria acostumada com ele, considerando que a gente se vê quase todo dia... mais de uma vez por dia, até.

Mas cada vez que a gente se vê, meu coração dá um pulo gigante. Como se ele fosse um presente que eu ainda não abri, ou alguma coisa assim. É um nojo, é uma fraqueza que eu tenho por ele. Um nojo, vou dizer.

Bom, mas o Michael foi lá e colocou a música, e outras pessoas começaram a chegar, e todo mundo só falava da passeata e da maratona de *Farscape* de ontem à noite — todo mundo menos eu, que não tinha participado de nenhuma das duas coisas. Em vez disso, eu só ficava correndo de um lado para o outro, pegando o casaco das pessoas (porque, apesar de já ser maio, estava meio frio na rua) e rezando para que todo mundo estivesse se divertindo e não resolvesse ir embora mais cedo nem ouvisse a minha mãe falando a respeito da bexiga incrivelmente encolhida dela...

Daí a campainha tocou e eu fui abrir a porta e lá estava a Lilly, parada com os braços em volta de um cara moreno de casaco de couro.

"Oi!", a Lilly disse, toda esfuziante e animadinha. "Acho que vocês dois não se conhecem. Mia, este aqui é o Jangbu. Jangbu, esta aqui é a princesa Amelia da Genovia. Ou Mia, como a gente chama."

Fiquei olhando para o Jangbu, chocada. Não porque a Lilly tinha levado ele à minha festa sem perguntar se podia, sabe como é, nem nada assim. Mas porque, bom, a Lilly estava abraçando a cintura dele. Ela estava praticamente dependurada nele, pelo amor de Deus. E o namorado dela, o Boris, estava bem ali, na sala ao lado, tentando aprender um passo de dança com a Shameeka...

"Mia", a Lilly disse, entrando em casa com cara emburrada. "Você nem fala oi nem nada?"

Eu disse: "Ah, oi, desculpa."

O Jangbu devolveu o cumprimento e sorriu. A verdade era que o Jangbu era MESMO incrivelmente bonito, bem como a Lilly tinha dito. Na verdade, ele era bem mais bonito que o coitado do Boris. Bom, é um horror ter que reconhecer, mas quem não é? Mesmo assim, nunca achei que a Lilly gostasse do Boris por causa da beleza, aliás. Quer dizer, o Boris é um gênio musical, e por acaso eu sei, devido ao fato de eu namorar um deles, que isso não é nada fácil de encontrar.

Por sorte, a Lilly teve que largar o Jangbu tempo bastante para que ele pudesse tirar o casaco de couro dele quando eu me ofereci para levar para o quarto. Então, quando o Boris finalmente viu que ela tinha chegado e foi até ela dar oi, não reparou em nada de estranho. Peguei o casaco da Lilly e o do Jangbu e cambaleei, tonta, até o meu quarto. Cruzei com o Michael no caminho, ele sorriu para mim e disse: "Já está se divertindo?"

Só sacudi a cabeça. "Você viu aquilo?", perguntei. "A sua irmã e o Jangbu?"

Michael olhou na direção deles. "Não. O que foi?"

"Nada", respondi. Eu não queria fazer com que o Michael tivesse um ataque com a Lilly, igual ao Colin Hanks quando pegou a irmã Kirsten Dunst beijando o melhor amigo dele no filme *Volta por cima*. Porque, apesar de eu nunca ter percebido nenhuma atitude protetora do Michael em relação à Lilly, tenho certeza que é só porque ela está namorando o Boris há tanto tempo, e o Boris é amigo do Michael, e além do mais, respira pela boca. Quer dizer, ninguém fica muito incomodado se a sua irmã mais nova namora um violinista que respira pela boca. Um sherpa recém-desempregado e gostosão, no entanto, é outra coisa... agora tudo pode ser completamente diferente.

E apesar de não dar para perceber só de olhar para ele, o Michael é bem esquentadinho. Uma vez eu o peguei olhando com cara de mau para uns pedreiros que assobiaram para mim e para a Lilly na Sexta Avenida quando estávamos saindo do Charlie Mom's. A última coisa de que eu precisava na minha festa era uma briga.

Mas a Lilly conseguiu ficar longe do Jangbu na meia hora seguinte, e nesse período eu tentei deixar minha depressão de lado e me unir à diversão, principalmente quando todo mundo começou a pular de um lado para o outro, dançando a Macarena, que o Michael tinha colocado de brincadeira no CD que preparou.

Pena que não existam mais danças que todo mundo conhece, igual à Macarena. Sabe quando todo mundo começa a dançar a mesma dança ao mesmo tempo, tipo em *Ela é demais* e *Footloose — Ritmo louco*? Seria tão legal se isso acontecesse alguma vez, tipo, na cantina. A diretora Gupta podia estar falando pelos alto-falantes, lendo as mensagens dela, e de repente alguém coloca os Yeah Yeah Yeahs para tocar, ou outra banda assim, e todo mundo começa a dançar em cima das mesas.

No passado, todo mundo sabia dançar as mesmas danças... tipo o minueto e tal. Pena que as coisas não são mais como antigamente.

Mas é claro que eu também não ia querer ter que usar dentes de madeira nem ter varíola.

Mas, bom, as coisas finalmente estavam começando a se animar, e eu estava mesmo me divertindo, indo de um lado para o outro,

quando, de repente, a Tina deu uma de: "Sr. G, acabou a Coca-Cola!"
E o sr. G ficou tipo: "Como é que pode ser? Eu comprei sete pacotões
hoje de manhã, na loja *drive-through*."

Mas a Tina ficou falando que a Coca tinha acabado mesmo.
Descobri depois que ela tinha escondido tudo no quarto do bebê.
Mas tanto faz. Na hora, o sr. G achou mesmo que a Coca tinha aca-
bado.

"Bom, vou dar um pulo ali no supermercado Grand Union e
comprar mais", ele disse, colocando o casaco e saindo.

Foi aí que a Ling Su perguntou à minha mãe se podia ver os slides
dela. A Ling Su, por ser ela mesma artista, sabia exatamente a coisa
certa a dizer para a minha mãe, uma colega artista, apesar de ela,
desde que ficou grávida, ter precisado abandonar a pintura a óleo e
só trabalhar com têmpera agora.

Assim que a minha mãe levou a Ling Su para o quarto dela para
mostrar os slides, a Tina desligou o som e anunciou que a gente ia
brincar de Sete Minutos no Paraíso.

Todo mundo pareceu ficar bem animado com isso — com certeza não brincamos de Sete Minutos no Paraíso nenhuma vez na última festa a que fomos, que tinha sido na casa da Shameeka. Mas o
sr. Taylor, o pai da Shameeka, não era do tipo de se deixar enganar
pelo negócio de "acabou a Coca" ou "posso ver seus slides?". Ele
deixa à vista o taco de beisebol, com que ganhou uma partida uma
vez, como "lembrete" aos garotos que namoram a Shameeka do que
ele é capaz de fazer, para o caso de eles folgarem com a filha dele.

Então, a coisa do Sete Minutos no Paraíso deixou todo mundo
agitado. Quer dizer, todo mundo menos o Michael. O Michael não

se interessa muito por ficar preso em um armário com a namorada. Não que ele tivesse nada contra ficar em um espaço pequeno e escuro comigo, ele informou depois que a Tina, dando risadinhas, fechou a porta do armário — prendendo nós dois com os casacos de inverno da minha mãe, do sr. G, o aspirador, o carrinho da lavanderia e a minha mala de rodinhas. Ele ficava incomodado mesmo pelo fato de todo mundo do lado de fora ficar ouvindo a gente lá dentro.

"Ninguém está ouvindo", eu disse. "Está vendo? Ligaram a música de novo."

O que tinham feito mesmo.

Mas eu meio que concordava com o Michael. Sete Minutos no Paraíso é uma brincadeira idiota. Quer dizer, uma coisa é agarrar o namorado. E outra bem diferente é fazer isso dentro de um armário, com todo mundo do outro lado da porta sabendo o que você está fazendo. Simplesmente não tem clima.

Estava escuro no armário — tão escuro que nem dava para ver a minha própria mão na frente do rosto, imagine só o Michael. Além disso, tinha um cheiro esquisito. Isso, eu sabia, era por causa do aspirador. Já fazia algum tempo desde que alguém tinha esvaziado o reservatório de pó — mais especificamente eu mesma, já que a minha mãe nunca se lembra de fazer isso e o sr. G não entende o nosso aspirador, porque ele é velho demais, e o saco estava cheio de pêlo ruivo de gato e de pedacinhos de areia de gato que o Fat Louie sempre espalha pela casa inteira. Como estava com cheiro de areia de gato, tinha um pouco de cheiro de pinho, mas não era assim muito bom.

"Então, a gente tem mesmo que ficar aqui sete minutos?", Michael quis saber.

"Acho que sim", respondi.

"E se o sr. G voltar e encontrar a gente aqui?"

"Ele provavelmente vai matar você", informei.

"Bom", resolveu Michael. "Então eu devia te dar algum motivo para se lembrar de mim."

Então ele me deu um abraço e começou a me beijar. Preciso reconhecer que, depois daquilo, eu meio que comecei a achar que, no final das contas, Sete Minutos no Paraíso não era nada mau. Na verdade, eu até que comecei a gostar. Era legal estar lá no escuro, com o corpo do Michael bem apertado contra o meu, e a língua dele na minha boca, e tal. Acho que era porque não dava para ver nada, mas meu olfato estava bem mais aguçado, ou alguma coisa assim, mas dava para sentir bem o cheiro do pescoço do Michael. Tinha um cheiro superótimo — muito melhor do que o do saco do aspirador. O cheiro meio que me deu vontade de pular em cima dele. Não consigo achar outro jeito de explicar. Mas eu sinceramente queria pular em cima do Michael.

Em vez de pular em cima dele, que eu acho que ele não ia gostar — e também não seria algo socialmente aceitável... além disso, sabe como é, os casacos todos meio que estavam impedindo nossa capacidade de se mexer muito —, eu afastei meus lábios dos dele e falei, sem nem pensar na Tina, nem na Uli Derickson, nem no que eu estava fazendo, mas meio que levada pelo calor da hora: "Então, Michael, e a festa de formatura? A gente vai ou não vai?"

E o Michael respondeu, com uma risadinha, enquanto dava umas mordidinhas com o lábio no meu pescoço (só que eu duvido muito que ele estava cheirando a minha pele): "A festa de forma-

119

tura? Você ficou louca? Este baile é ainda mais idiota do que esta brincadeira."

A essa altura, eu me desvencilhei do abraço dele e dei um passo para trás, bem para cima do taco de hóquei do sr. G. Só que eu nem liguei porque, sabe como é, estava em estado de choque.

"Como assim?", eu quis saber. Se não estivesse tão escuro, eu teria olhado para o Michael com o meu olhar examinador, procurando algum sinal de que ele estava brincando. Mas, devido à situação, eu só podia ouvir com muita atenção.

"Mia", o Michael continuou, tateando no escuro, à minha procura. Para alguém que achava que Sete Minutos no Paraíso era um jogo tão idiota, ele parecia estar gostando bastante. "Você só pode estar brincando. Eu não sou exatamente o tipo de cara que vai a uma festa de formatura."

Mas eu afastei as mãos dele com um tapa. Foi difícil, sabe como é, enxergar no escuro, mas também não dava muito para errar. A única coisa que tinha na minha frente, além do Michael, era um monte de casacos.

"Do que é que você está falando, que não é do tipo que vai à festa de formatura?", eu quis saber. "Você está no último ano. Está se formando. Você tem que ir à festa. Todo mundo vai."

"É", o Michael disse. "Bom, todo mundo faz um monte de coisa. Mas isso não quer dizer que eu também vá fazer. Quer dizer, fala sério, Mia. Os bailes de formatura são para os Josh Richters do mundo."

"Ah, é mesmo?", exclamei, bem fria, até para os meus próprios ouvidos. Mas isso foi provavelmente por eles estarem superaguçados, já que eu não conseguia enxergar. Meus ouvidos, claro. "O que é então que os Michael Moscovitzes do mundo fazem na noite da festa de formatura?"

"Sei lá", o Michael respondeu. "A gente pode fazer mais *disto aqui*, se você quiser."

Por *isto aqui*, é claro, ele queria dizer ficar se agarrando em um armário. Eu nem me dei ao trabalho de responder àquilo.

"Michael", tentei, com a minha melhor voz de princesa. "Estou falando sério. Se você não tem planos de ir à festa de formatura, o quê, exatamente, você planeja fazer em vez disto?"

"Sei lá", o Michael respondeu, e parecia verdadeiramente estupefato com a minha pergunta. "Jogar boliche?"

JOGAR BOLICHE!!!!!!!!!!!!!!!!!! O MEU NAMORADO PREFERE JOGAR BOLICHE NA NOITE DA FESTA DE FORMATURA DELE DO QUE IR À FESTA!!!!!!!!!!!!!!!

Será que ele não tem nem um grama de sentimento romântico no corpo? Deve ter, porque ele me deu aquele colar de floco de neve... o colar que eu não tirei nenhuma vez, desde que ganhei. Como é que um homem que me deu aquele colar pode ser o mesmo que prefere ir *jogar boliche* na noite da festa de formatura em vez de ir à festa?

Ele deve ter sentido que eu não estava aceitando muito bem a notícia que ele me deu, já que começou a falar: "Mia, por favor. Reconheça. A festa de formatura é a coisa mais brega do mundo. Quer dizer, a gente gasta uma tonelada de dinheiro em uma roupa de pingüim alugada em que nem dá para se sentir confortável, daí gasta mais uma tonelada de dinheiro em um jantar em algum lugar chique que provavelmente nem chega aos pés do Number One Noodle Son, daí fica parado em algum ginásio..."

"No Maxim", eu o corrigi. "A sua formatura do último ano vai ser no Maxim."

"Tanto faz", impacientou-se Michael. "Daí você vai lá e come um monte de bolacha murcha e dança umas músicas ruins de doer com um pessoal que não dá para suportar e que a gente nunca mais quer ver..."

"Tipo eu, é disto que você está falando?", eu estava praticamente chorando, de tão magoada que estava. "Você nunca mais quer me ver? É isto? Você simplesmente vai se formar e vai para a faculdade e esquecer que eu existo?"

"Mia", exclamou Michael, em um tom de voz bem diferente. "Claro que não. Eu não estava falando de você. Estava falando de gente tipo... bom, tipo o Josh e aqueles caras. Você sabe muito bem. Qual é o seu problema?"

Mas eu não podia dizer ao Michael qual era o meu problema. Porque o meu problema era que meus olhos estavam cheios de lágrimas e tinha um nó na minha garganta e não tenho certeza, mas acho que o meu nariz começou a escorrer. Porque de repente eu percebi que o meu namorado não tinha a mínima intenção de me convidar para a festa de formatura. Não porque ele ia convidar alguém mais popular em vez de mim, nem nada disso. Tipo o Andrew McCarthy em *A garota de rosa-shocking*. Porque o meu namorado, Michael Moscovitz, a pessoa que eu mais amava no mundo inteiro (com exceção do meu gato), o homem a quem eu entregara meu coração por toda a eternidade, não tinha absolutamente nenhum interesse em participar DA PRÓPRIA FESTA DE FORMATU-RA!!

Realmente não sei o que teria acontecido se, logo em seguida, o Boris não tivesse aberto a porta de supetão e gritado: "O tempo acabou!" Talvez o Michael tivesse ouvido minhas fungadas, teria percebido que eu estava chorando e ia perguntar por quê. E daí, depois de me abraçar com carinho, eu podia ter contado para ele, aos soluços, com a cabeça apoiada no peito másculo dele.

E daí ele podia ter beijado a minha cabeça com carinho e murmurado: "Ah, querida, eu não sabia", e ter jurado ali mesmo que faria qualquer coisa, qualquer coisa no mundo, para ver meus olhos brilhando outra vez, e daí, em nome de Deus, nós iríamos à festa de formatura.

Só que não foi *nada disso* que aconteceu. O que rolou, em vez disso, foi que o Michael ficou ofuscado com a luz que entrou lá de repente e colocou a mão na frente dos olhos para se proteger da luz, então ele nem viu meus olhos cheios de lágrimas e o meu nariz que provavelmente estava escorrendo... apesar de que isso teria sido uma atitude terrivelmente não digna de uma princesa, e provavelmente nem aconteceu mesmo.

Além disso, eu quase me esqueci da minha mágoa, de tão surpresa que fiquei com o que aconteceu a seguir. É que a Lilly começou a gritar: "Minha vez! Minha vez!"

E todo mundo saiu da frente dela quando ela se jogou na direção do armário...

Só que a mão que ela pegou — o homem que escolheu para acompanhá-la no Sete Minutos no Paraíso — não foi o virtuose do violino pálido de mãos macias que havia oito meses compartilhava beijos de língua furtivos e *dim-sums* de domingo de manhã com ela. A mão que Lilly pegou não pertencia a Boris Pelkowski, que respira pela boca e enfia o suéter dentro da calça. Não, a mão que Lilly pegou pertencia a ninguém menos que Jangbu Panasa, o sherpa gostoso que é auxiliar de garçom.

Um silêncio desagradável tomou conta da sala — bom, tirando os uivos do Sahara Hotnights no aparelho de som — quando a Lilly enfiou um Jangbu todo surpreso dentro do armário de casacos do corredor da minha casa e entrou logo atrás dele. Ficamos todos parados lá, piscando para a porta fechada, sem saber muito bem o que fazer.

Pelo menos, *eu* não sabia o que fazer. Olhei para a Tina, e dava para ver pela expressão chocada do rosto dela que *ela* também não sabia o que fazer.

O Michael, por outro lado, parecia saber o que fazer. Colocou a mão no ombro do Boris, em um gesto solidário, e disse: "Que dureza, cara", e daí foi até a mesa e pegou um punhado de Cheetos.

QUE DUREZA, CARA?????? É isso que um garoto diz para o outro quando vê que o coração dele acabou de ser arrancado do peito e jogado no chão?

Não dava para acreditar que o Michael era tão desalmado assim. E toda aquela história do Colin Hanks? Por que é que ele não tinha aberto a porta de supetão, arrancado Jangbu Panasa de lá de dentro e socado o cara até ele virar uma massa sanguinolenta? Quer dizer, a Lilly era a irmã menor dele, pelo amor de Deus. Será que ele não tinha nem um grama de instinto de proteção em relação a ela?

Esquecendo completamente do meu desespero em relação à coisa toda da festa de formatura — acho que o meu choque de ver a avidez com que os lábios da Lilly se fecharam em cima dos de uma outra pessoa que não é o namorado dela me deixou paralisada —, segui o Michael até a mesa de refrescos e disse: "Só isso? É só isso que você vai fazer?"

Ele olhou para mim sem entender nada. "Sobre o quê?"

"Sua irmã!", gritei. "E o Jangbu."

"O que você quer que faça?", o Michael perguntou. "Puxe o cara lá de dentro e dê umas porradas nele?"

"Bom", respondi. "É isso mesmo!"

"Por quê?" O Michael bebeu um pouco de 7-Up, porque não tinha mais Coca. "Não dou a mínima para quem a minha irmã leva para dentro de um armário. Se fosse você, daí eu ia dar umas porradas no cara. Mas não é você, é a Lilly. A Lilly, como já foi comprovado diversas vezes ao longo dos últimos anos, é totalmente capaz de tomar conta de si mesma." Esticou uma travessa na minha direção. "Cheetos?"

Cheetos! Quem é que pode pensar em comida em um momento destes?

"Não, muito obrigada", respondi. "Mas você não está nem um pouquinho preocupado que a Lilly...", continuei, sem saber muito bem o que dizer depois. O Michael me ajudou.

"Tenha sido arrebatada pela aparência tosca e bonita de sherpa do cara?" O Michael sacudiu a cabeça. "Para mim, parece que se alguém está sendo explorado, este alguém é o Jangbu. Parece que o cara nem sabe o que aconteceu com ele."

"M-mas...", gaguejei. "Mas e o Boris?"

O Michael olhou para o Boris, que tinha se afundado no sofá-futton, com a cabeça enfiada nas mãos. A Tina tinha corrido na direção dele e estava tentando dar uma força, dizendo que a Lilly provavelmente só estava mostrando para o Jangbu como era o interior de um armário de casacos verdadeiramente americano. Até eu achei que ela não parecia muito convincente, e eu me convenço facilmente de quase qualquer coisa. Por exemplo, nas convocações em que somos obrigados a ouvir as equipes de debate, eu quase sempre concordo com qualquer coisa que esteja sendo defendida no momento, não importa o que estejam dizendo.

"O Boris se recupera", comentou Michael, esticando a mão para pegar uma batatinha com molho.

Eu não entendo os garotos. Não mesmo. Quer dizer, se fosse a MINHA irmã menor naquele armário com o Jangbu, eu teria tido um acesso de fúria. E se fosse a MINHA festa de formatura, eu estaria me desdobrando para conseguir ingressos antes que todos acabassem.

Mas eu é que sou assim, acho.

De qualquer maneira, antes que algum de nós tivesse a oportunidade de fazer qualquer coisa, a porta da frente do apartamento se abriu e o sr. G entrou, carregando sacos com mais Coca.

"Cheguei", o sr. G avisou, colocando os sacos no chão, e começando a tirar o casaco. "Trouxe também um pouco de gelo. Achei que já devia estar acabando..."

A voz do sr. G foi sumindo. Isso porque ele abriu a porta do armário do corredor para guardar o casaco e deparou com a Lilly e o Jangbu lá dentro, se agarrando.

Bom, aí foi o fim da minha festa. O sr. G não é nenhum sr. Taylor, mas ele também é bem severo. Além disso, por ser professor do ensino médio e tal, ele meio que conhece brincadeiras como Sete Minutos no Paraíso. A desculpa da Lilly — de que ela e o Jangbu tinham ficado presos no armário juntos por acidente — não serviu exatamente para convencê-lo. O sr. G disse que achava que estava na hora de todo mundo ir para casa. Daí, ele e o Hans, o motorista da minha limusine, que tínhamos escalado para levar todo mundo para casa depois da festa, asseguraram-se de que o Jangbu não estivesse no carro quando ele levasse a Lilly e o Michael, e de que a Lilly entrasse em casa direitinho, subisse no elevador e tudo o mais, e não tentasse escapar para se encontrar com o Jangbu mais tarde, no Blimpie's ou em algum lugar assim.

E agora eu estou deitada aqui, um caco de garota... 15 anos, e, no entanto, tão mais velha de tantas maneiras... Porque eu sei como é ver todas as suas esperanças arrasadas e os seus sonhos despedaçados sob o punho desalmado do desespero. Eu vi nos olhos do Boris, enquanto ele observava a Lilly e o Jangbu saindo daquele armário, todos corados e suados, com a Lilly *puxando a barra da camisa* (não dá para acreditar que alguém pegou nos peitos da Lilly antes de pegarem nos meus. E ainda por cima, um cara que ela só conhece há 48 horas — isso sem mencionar que ela fez isso no MEU armário do corredor).

Mas os olhos do Boris não eram os únicos que estavam registrando desespero hoje à noite. Os meus também tinham aquela aparência oca. Percebi isso quando estava escovando os dentes para ir para a cama. Mas é claro que o motivo não é nenhum mistério. Meus

olhos têm uma aparência assombrosa porque eu estou assombrada...
assombrada pelo espectro do sonho de uma festa de formatura que
agora eu sei que nunca vai acontecer. Eu nunca vou poder colocar
um pretinho de um ombro só e repousar minha cabeça no ombro
do Michael (de smoking) na festa de formatura do último ano dele.
Nunca vou poder saborear as bolachas murchas que ele mencionou,
ou ver a cara da Lana Weinberger quando ela perceber que não é a
única aluna do primeiro ano, junto com a Shameeka, que foi à festa.

O meu sonho da festa de formatura acabou. Assim como, creio,
a minha vida.

Domingo, 4 de maio, 9h, no sótão

É muito difícil estar afundada em um poço escuro de desespero quando a sua mãe e o seu padrasto acordam com o primeiro raio de sol e colocam The Donnas para tocar enquanto preparam waffles para o café da manhã. Por que eles não podem simplesmente ir em silêncio para a igreja para ouvir a palavra do Senhor, como pais normais, e me deixar ficar deprimida com minhas mágoas? Juro que isso basta para fazer eu pensar na possibilidade de mudar para a Genovia.

Mas é claro que, nesse caso, eles também iam querer que eu me levantasse para ir à igreja. Acho que eu deveria estar agradecendo à minha estrela da sorte por minha mãe e o marido dela serem pagãos sem Deus. Mas eles pelo menos podiam ABAIXAR o som.

Domingo, 4 de maio, meio-dia, no sótão

Meu plano para hoje era ficar na cama com as cobertas por cima da cabeça até a hora de ir para a escola na segunda de manhã. É isso que as pessoas de quem a vontade de viver lhes foi cruelmente arrancada fazem: ficam na cama o máximo que podem.

Mas o meu plano foi destruído de um jeito injusto, pela minha mãe, que veio entrando com tudo no meu quarto (do tamanho que ela está atualmente, não pode fazer nada além de entrar com tudo nos lugares) e se sentou na beirada da cama, quase esmagando o Fat Louie, que tinha se enfiado embaixo das cobertas comigo e estava roncando no meu pé. Depois de gritar porque o Fat Louie tinha enfiado as garras no traseiro dela, através do edredom, mamãe pediu desculpa por se intrometer na minha solidão cheia de mágoas, mas — segundo ela — achou que estava na hora de termos Uma Conversa.

Nunca é bom quando a minha mãe acha que é hora de Uma Conversa. Da última vez que eu e ela tivemos Uma Conversa, eu fui obrigada a ouvir um discurso muito comprido a respeito de imagem corporal e a idéia distorcida que eu supostamente tinha a respeito da minha. Minha mãe estava muito preocupada com a possibilidade de eu estar pensando em usar meu dinheiro de Natal para colocar silicone nos peitos, e ela queria que eu soubesse que ela achava aquela idéia muito ruim mesmo, porque a obsessão das mulheres com a aparência tinha saído totalmente do controle. Na Coréia, por exemplo, 30% das mulheres na faixa dos 20 anos já tinha passado por algum tipo de cirurgia plástica, desde redefinição das bochechas e mudança do formato dos olhos até retirada do músculo da batata da perna (para ter pernas mais finas) com o objetivo de obter um visual mais ocidental. Isso em relação a 3% das mulheres nos Estados Unidos que tinham feito cirurgia plástica por motivos puramente estéticos.

A boa notícia? Os Estados Unidos NÃO são o país mais obcecado com a imagem do mundo. A má notícia? Mulheres demais fora de nossa cultura sentem-se pressionadas a mudar o visual para imitar melhor o nosso, achando que os padrões ocidentais de beleza são mais importantes do que os do próprio país delas, porque é o que elas vêem nos episódios antigos de *Friends* e *Baywatch* que ficam passando lá. O que é errado, muito errado, porque as nigerianas são tão bonitas quando as mulheres de Los Angeles ou de Manhattan. Só que, talvez, de um jeito diferente.

Por mais constrangedor que AQUELE papo tenha sido (eu não estava pensando em usar o meu dinheiro de Natal para colocar silicone no peito: estava pensando em usar meu dinheiro de Natal para comprar a coleção inteira de CDs da Shania Twain, mas é claro que eu não podia CONFESSAR isso para ninguém, então a minha mãe naturalmente pensou que tinha alguma coisa a ver com o meu peito), o de hoje realmente leva o prêmio no que diz respeito às conversas entre mãe e filha.

Porque é claro que hoje rolou A conversa entre mãe e filha. Não aquela conversa de: "Querida, seu corpo está mudando e logo, logo você vai ter uma função diferente para aqueles absorventes íntimos que você roubou do meu banheiro para fazer caminhas para os seus bonecos de *Guerra nas estrelas*." Ah, não. Hoje foi aquela assim: "Agora você tem 15 anos e você tem namorado e ontem à noite meu marido pegou você e os seus amiguinhos brincando de Sete Minutos no Paraíso, então acho que chegou a hora de conversarmos sobre Você Sabe o Quê."

Registrei nossa conversa aqui da melhor maneira que eu pude, para que, quando eu tiver uma filha, eu possa me assegurar de NUNCA, NUNQUINHA falar nenhuma dessas coisas para ela, para me lembrar de como EU ME SENTI A MAIOR IDIOTA COMPLETA E INACREDITÁVEL QUANDO A MINHA MÃE FALOU ESTAS COISAS PARA MIM. Até onde eu sei, minha filha pode aprender tudo a respeito de sexo no Lifetime Movie Channel for Women, como todo mundo no planeta.

Minha mãe:	Mia, o Frank acabou de me contar que a Lilly e aquele amigo novo dela, o Jambo...
Eu:	Jangbu.
Minha mãe:	Ou isso. Que a Lilly e o amigo novo dela estavam, hmm, se beijando no armário do corredor. Parece que vocês estavam fazendo alguma brincadeira de se agarrar, Cinco Minutos no Armário...
Eu:	Sete Minutos no Paraíso.

Minha mãe:	Ou isso. O negócio é que, Mia, agora você está com 15 anos. Você já é adulta, e eu sei que você e o Michael são um casal. É bastante natural que vocês tenham curiosidade sobre sexo... talvez até estejam experimentando...
Eu:	AI, MÃE!!!! QUE NOJO!!!!!!!!!
Minha mãe:	Não tem nada de nojento em relações sexuais entre duas pessoas que se amam, Mia. É claro que eu preferiria se você esperasse até ficar mais velha. Até estar na faculdade, talvez. Ou depois dos 30 anos, aliás. No entanto, eu sei muito bem o que é ser escrava dos hormônios, então é importante que se tome os cuidados necess...
Eu:	Estou falando que é um nojo falar disso com a minha MÃE.
Minha mãe:	Bom, é, eu sei. Ou melhor, não sei, já que a minha mãe teria caído mortinha se algum dia viesse falar deste assunto comigo. Mas eu acho que é importante que mães e filhas sejam abertas umas com as outras em relação a essas coisas. Por exemplo, Mia, se algum dia você sentir necessidade

de conversar a respeito de métodos anticoncepcionais, eu posso marcar uma consulta com o meu ginecologista, o dr. Brandeis...

Eu: MÃE!!!!!!!!!!!!! EU E O MICHAEL NÃO ESTAMOS TRANSANDO!!!!!!!!!!!!!!!!!!

Minha mãe: Bom, fico feliz em saber disso, já que você é um pouco nova demais. Mas se você dois resolverem que é hora, quero que você saiba de tudo que precisa saber. Por exemplo, você e os seus amigos sabem que doenças como a Aids podem ser transmitidas também por meio do sexo oral e que...

Eu: É, MÃE, EU SEI DISSO SIM. ESTOU NA AULA DE SAÚDE E SEGURANÇA NESTE SEMESTRE, LEMBRA?????

Minha mãe: Mia, o sexo não é nada de que se envergonhar. É uma das necessidades básicas dos seres humanos, assim como água, alimento e interação social. É importante que, se você resolver ser ativa sexualmente, você se proteja.

Ah, é, mãe? Igual *você* fez quando engravidou do sr. Gianini? Ou do MEU PAI????

Mas é claro que eu não disse isso. Porque, sabe como é, qual seria o objetivo? Em vez disso, só concordei com a cabeça e disse: "Tudo bem, mãe. Obrigada, mãe. Pode deixar, mãe", na esperança de que ela fosse desistir e fosse embora.

Só que não funcionou. Ela só ficou por lá, igual a uma das irmãzinhas menores da Tina quando eu estou na casa dela e a gente quer dar uma olhada na coleção de *Playboy* do pai dela. Falando sério, dá para aprender um monte de coisas na coluna de dicas da *Playboy*, desde que tipo de som funciona melhor em um Porsche Boxter até como descobrir se o seu marido está tendo um caso com a secretária. A Tina diz que é uma boa idéia conhecer o inimigo, e é por isso que ela lê os exemplares de *Playboy* do pai sempre que pode... só que nós duas concordamos que, a julgar pelas coisas que tem nessa revista, o inimigo é muito, muito esquisito.

E tem uma fixação bizarra em carros.

Afinal, minha mãe ficou sem gás. A Conversa meio que morreu. Ela ficou lá sentada um minuto, olhando em volta no meu quarto, que é uma pequena área de desastre. De maneira geral, até que sou organizada, porque sempre acho que preciso arrumar o quarto antes de começar a fazer o dever de casa. Tem alguma coisa a ver com um ambiente limpo ajudar a limpar os pensamentos. Sei lá. Talvez seja porque fazer dever de casa é tão chato que eu faço de tudo para adiar.

"Mia", minha mãe disse depois de uma longa pausa. "Por que é que você ainda está na cama ao meio-dia de um domingo? Não é esta a hora em que você costuma encontrar os seus amigos para comer dim-sum?"

Dei de ombros. Eu não queria admitir na frente da minha mãe que provavelmente dim-sum era a última coisa a passar na cabeça de todo mundo hoje de manhã... Quer dizer, tendo em vista que parecia que a Lilly e o Boris não estavam mais juntos.

"Espero que você não esteja chateada com o Frank", mamãe prosseguiu, "por ter acabado com a sua festa. Mas, realmente, Mia, você e a Lilly já têm idade suficiente para ficar fazendo brincadeirinhas bobas como Sete Minutos no Paraíso. Qual é o problema de fazer jogos normais?"

Dei de ombros mais uma vez. O que é que eu ia dizer? Que a razão por que eu estava chateada não tinha nada a ver com o sr. G, e que tinha tudo a ver com o fato de o meu namorado não querer ir à festa de formatura? A Lilly estava certa: a festa de formatura não passa de um ritual pagão de dança idiota. Por que é que eu ligava para aquilo?

"Bom", minha mãe disse, ficando em pé toda desajeitada. "Se você quiser ficar na cama o dia inteiro, não vou ser eu que vou impedir. Confesso que não existe um lugar melhor onde eu gostaria de estar. Mas, bom, eu sou só uma velha grávida, e não uma menina de 15 anos."

Daí ela foi embora. GRAÇAS A DEUS. Não dá para acreditar que ela tentou conversar sobre sexo comigo. Sobre o *Michael*. Quer dizer, será que ela não sabe que o Michael ainda nem pegou nos meus peitos? Aliás, isso ainda não aconteceu com ninguém que eu conheço, sem contar a Lana. Pelo menos eu acho que já aconteceu com a Lana, levando em conta o que picharam na parede do ginásio durante as férias de primavera. E agora a Lilly, claro.

Meu Deus. Minha melhor amiga já fez mais coisas do que eu. E *eu* é que encontrei minha alma gêmea. Não *ela*.

A vida é mesmo injusta.

Domingo, 4 de maio, 19h, no sótão

Acho que hoje deve ser o Dia Nacional de Dar uma Conferida na Saúde Mental da Mia, porque todo mundo está ligando para saber se eu vou bem. Agorinha mesmo, era o meu pai no telefone. Ele queria saber como tinha sido a minha festa. Por um lado isso é bom — significa que nem a minha mãe nem o sr. G comentaram a respeito daquele negócio todo de Sete Minutos no Paraíso com ele, o que teria feito com que ele ficasse louco da vida de verdade —, mas por outro é ruim, porque significa que eu ia ter que mentir para ele. Mentir para o meu pai é mais fácil do que mentir para a minha mãe, porque como o meu pai nunca foi menina, ele não sabe a capacidade que nós meninas temos de inventar coisas — e aparentemente ele também não sabe que, além disso, as minhas narinas tremelicam quando eu minto —, mas mesmo assim me deixa muito nervosa. Quer dizer, ele SOBREVIVEU ao câncer, afinal de contas. Parece meio maldoso mentir para alguém que é, basicamente, igual ao Lance Armstrong. Só que ele não ganhou o Tour de France.

Mas tanto faz. Eu disse que a festa tinha sido ótima, blablablá.

Que bom que ele não estava junto comigo. Ele ia ter reparado nas minhas narinas tremelicando loucamente.

Assim que eu terminei de falar com o meu pai, o telefone tocou de novo, e eu atendi logo, achando que podia ser, sei lá, O MEU NAMORADO. É de se pensar que o Michael ia ligar para mim em alguma hora do dia, só para ver se eu estava bem. Sabe como é, para ver se eu não estava arrasada de desgosto por causa daquela coisa da festa de formatura.

Mas, aparentemente, o Michael não está assim tão preocupado com a minha saúde mental, porque além de ele não ter ligado ainda, a pessoa que estava do outro lado da linha quando eu tirei o fone do gancho com tanta avidez estava o mais longe possível de ser o Michael.

Era, de fato, Grandmère.

Nossa conversa foi assim:

Grandmère: Amelia, é a sua avó. Preciso que você reserve a noite de quarta-feira, dia 7. Fui convidada para jantar no Le Cirque com meu velho amigo, o sultão de Brunei, e quero que você me acompanhe. E não quero ouvir aquela baboseira a respeito de que o sultão precisa abrir mão do Rolls Royce dele porque o carro está contribuindo para a destruição da camada de ozônio. Você precisa de mais cultura na sua vida e ponto final. Estou cansada de ouvir falar de *Bichos de estimação milagrosos* e do Lifetime Movie Channel para Donas de Casa ou sei lá o quê, essas coisas que você vive assistindo na TV. Já é hora de você conhecer pessoas interessantes, e não as que você vê na TV, ou aqueles supostos artistas que a sua mãe convida para jogar bingo ou sei lá o quê.

Eu:	Tudo bem, Grandmère. Como você quiser, Grandmère.

E aí eu pergunto: qual é o problema dessa resposta? Falando sério? Que parte de "Tudo bem, Grandmère. Como você quiser, Grandmère" poderia levantar suspeitas em qualquer avó NORMAL? Claro, estou esquecendo que a minha avó está bem longe de normal. Porque ela já começou a me interrogar no mesmo minuto.

Grandmère:	Amelia. Qual é o seu problema? Fale logo, não tenho muito tempo. Eu deveria estar jantando com o duque di Bomarzo.
Eu:	Não tem problema nenhum, Grandmère. Só estou... um pouco deprimida, só isso. E não tirei uma nota muito boa na última prova de álgebra, e estou um pouco chateada com isso...
Grandmère:	Pffft. Qual é o seu problema DE VERDADE, Mia? E faça uma versão resumida.
Eu:	Ah, TUDO BEM. É o Michael. Lembra aquela coisa da festa de formatura que eu comentei outro dia? Bom, ele não quer ir.

Grandmère:	Eu sabia. Ele ainda está apaixonado por aquela moça que ficava rodeando, não está? Ele vai convidá-la, é isso? Bom, não faz mal. Eu tenho o telefone do celular do príncipe William aqui em algum lugar. Vou dar uma ligada para ele, e ele pode pegar o Concorde e levar você a esta festinha, se você quiser. Isto vai mostrar àquele rapaz desleixado...
Eu:	Não, Grandmère, o Michael não vai levar outra pessoa. Ele nem quer ir. Ele... acha que festa de formatura é babaca.
Grandmère:	Ah... pelo... amor... de... Deus. *Não* me diga que ele é desse tipo.
Eu:	É, Grandmère. Acho que é sim.
Grandmère:	Bom, não faz mal. Seu avô era igualzinho. Sabe que, se eu deixasse tudo a cargo dele, nós teríamos nos casado no cartório e depois ido a uma *lanchonete* para almoçar? O homem simplesmente não compreendia o que é romance, imagine só se ele tinha noção do que era CORTESIA.

Eu:	É. Bom. É por isso que eu estou meio chateada hoje. Agora, se você não se importa, Grandmère, eu preciso mesmo começar a fazer o dever de casa. Tenho que entregar uma reportagem para o jornal amanhã de manhã, também...

Não mencionei que era uma reportagem sobre ELA. Bom, mais ou menos. Era uma reportagem sobre o incidente no Les Hautes Manger. De acordo com o jornal *The Sunday Times*, a gerência do restaurante continuava se negando a recontratar o Jangbu. Então, a passeata da Lilly não tinha servido para nada. Bom, tirando o fato de que, aparentemente, tinha feito ela arrumar um namorado novo.

Grandmère:	Sim, claro. Vá estudar. Você precisa manter sua média alta, senão o seu pai vai me passar mais um daqueles sermões dele, dizendo que eu a obrigo a se concentrar demais em assuntos reais e deixar de lado a trigonometria ou outra coisa qualquer com que você esteja tendo dificuldade. E não se preocupe muito com a situação com *aquele garoto*. Ele vai mudar de idéia, assim como aconteceu com o seu avô. Você só precisa incentivá-lo da maneira adequada. Adeus.

Incentivo? Do que é que Grandmère está falando? Que tipo de incentivo faria com que o Michael mudasse de idéia em relação a ir à festa de formatura? Não consigo imaginar nada que possa fazer com que ele supere o preconceito profundamente enraizado que tem com relação a festas de formatura.

A não ser que a festa de formatura fosse uma mistura de baile *Guerra nas estrelas*, *Jornadas nas estrelas*, *Senhor dos anéis* e convenção de computador.

Domingo, 4 de maio, 21h, no sótão

Eu sei por que o Michael não ligou. Porque, em vez disso, ele me mandou um e-mail. Só que eu só fui checar minhas mensagens quando liguei o computador para digitar minha reportagem para *O Átomo*.

LINUXRULZ: Mia — espero que você não tenha se ferrado por causa daquele negócio do armário ontem à noite. Mas o sr. G é um cara legal. Acho que ele não deve ter ficado muito bravo depois daquele ataque que ele teve.

As coisas estão bem tensas por aqui, com todo esse negócio de a Lilly e o Boris terminarem. Estou tentando ficar de fora e recomendo de verdade, para que você não fique maluca, que faça a mesma coisa. É problema deles, NÃO NOSSO. Eu te conheço bem, Mia, e estou falando sério. É melhor ficar de fora. Não vale a pena.

Vou ficar por aqui o dia inteiro, se você quiser ligar. Se você não estiver de castigo ou algo assim, a gente talvez possa ir comer um dim-sum. Ou, se você quiser, posso dar uma passada aí mais tarde para ajudar com o dever de casa de álgebra. Me fala.

Com amor,

Michael

Bom. A julgar pelo tom DISSO, acho que o Michael não está se sentindo assim tão mal com a coisa toda da festa de formatura. É quase como se ele não SOUBESSE que arrancou meu coração e o fez em pedacinhos.

Mas, considerando o fato de que eu não disse a ele exatamente como estava me sentindo, pode muito bem ser verdade. Que ele não sabe, quero dizer.

Mas ignorância, como Grandmère adora dizer, não é desculpa.

Também me arrisco a afirmar que, pelo tom despreocupado do e-mail, os drs. Moscovitz não foram ao quarto do Michael para falar com ELE a respeito de métodos contraceptivos e da riqueza da experiência sexual humana. Ah, não. Esse tipo de coisa sempre acaba sendo problema da garota. Mesmo que o seu namorado, como o meu, seja um ardente defensor dos direitos das mulheres.

Bom, pelo menos ele escreveu. E isso é bem mais do que se pode dizer da minha suposta melhor amiga. É de se pensar que a Lilly pelo menos telefonaria para pedir desculpa por ter acabado com a minha festa (bom, na verdade foi a Tina que acabou com tudo, com aquela idéia idiota de Sete Minutos no Paraíso. Mas foi a Lilly que acabou com a festa espiritualmente, quando agarrou um cara que não é namorado dela na frente do suposto namorado. Bom, praticamente).

Mas não tive absolutamente nenhuma notícia daquela ingrata que dispensou o Boris. Longe de mim jogar pedra em alguém por sair com um cara quando gosta de outro... quer dizer, não foi exatamente o que eu fiz no semestre passado? Mesmo assim, eu não AGARREI o Michael antes de me separar formalmente do Kenny. Eu fui BEM íntegra, viu?

E é claro que eu não posso culpar a Lilly realmente por gostar mais do Jangbu do que do Boris. Quer dizer, fala sério. O cara é gostoso. E o Boris é tão... não é.

Mesmo assim. Não foi muito legal da parte dela. Estou louca de vontade de saber o que ela tem a dizer em sua própria defesa.

E parece que todo o resto do mundo tem a mesma vontade que eu.

Desde que eu me conectei, fui bombardeada por Mensagens Instantâneas — de todo mundo, menos da parte envolvida.

Da Tina:

ILUVROMANCE: Mia, tudo bem com você? Eu fiquei TÃO ENVERGONHADA por você ontem à noite, quando o sr. G pegou a Lilly e o Jangbu no armário... Ele ficou bravo DE VERDADE? Quer dizer, eu sei que ele ficou bravo, mas ele quis cometer ASSASSINATO? Meu Deus, espero que você não esteja morta. Tipo, que ele não te matou. Seria uma DROGA se você ficasse de castigo, com a festa de formatura na semana que vem.

O que foi que ele disse, aliás? Estou falando do Michael. Quando vocês dois estavam dentro do armário?

Aliás, a Lilly já falou com você? Foi mesmo MUITO ESQUISITO o que aconteceu ontem à noite. Quer dizer, com ela e o Jangbu, bem na frente do coitado do Boris. Eu fiquei com tanta PENA dele... Ele estava praticamente chorando, você reparou? E qual era o problema com a blusa dela? Quando ela saiu do armário, quer dizer. Você viu? Responde logo.

— T.

Da Shameeka:

BEYONCE—IS—ME: Ah, meu Deus, Mia, aquela festa de ontem ARRASOU!!!!!!!!! Se pelo menos eu e o Jeff tivéssemos tido a nossa vez naquele armário, eu teria tido finalmente um pouco de ação no meu Victoria's Secret, se é que você me entende. Estou brincando. Hahaha. Bom, mas você viu só aquele negócio da Lilly/Jangbu? O que foi AQUILO? O sr. G vai contar para o PAI dela? Ah, meu Deus, se o meu pai descobrisse que eu entrei em um armário com um cara que já saiu da escola, eu estaria MORTINHA. Na verdade, ele me mataria se eu entrasse no armário com qualquer cara... Aliás, ela deu notícias? Responda logo, com todas as FOFOCAS!!!!!!!!!!!!!!

PS: Você falou com o Michael sobre a festa de formatura? O QUE ELE DISSE?????????????????????????

— SHAMEEKA —

Da Ling Su:

PAINTURGURL: Mia, a sua mãe é uma artista boa DEMAIS, os slides dela eram INCRÍVEIS. Aliás, o que ACONTECEU enquanto eu estava no quarto dela? A Shameeka disse que o sr. G pegou a Lilly e aquele cara auxiliar de garçom no armário juntos, foi isso? Mas tenho certeza que ela quis dizer que era a Lilly e o Boris. O que é que a Lilly estava fazendo no armário com alguém que não era o Boris? Eles terminaram?

— Ling Su

PS: Você acha que a sua mãe me empresta os pincéis de pêlo de marta dela? Só para experimentar? Eu nunca tive um pincel bacana, e quero ver se faz mesmo diferença antes de ir lá na Pearl Paint e gastar a minha mesada de um ano neles.

PPS: O Michael já te convidou para a festa de formatura???????

Mas nada disso se compara à mensagem que eu recebi do Boris:

JOSHBELL2: Mia, eu estava aqui pensando se você teve notícias da Lilly hoje. Estou ligando para a casa dela o dia inteiro, mas o Michael fala que ela não está lá. Ela não está com você, está? (Espero que esteja.) Estou achando que eu fiz alguma coisa que a deixou muito chateada. Se não, por que é que ela ia ter escolhido aquele outro cara para levar para o armário ontem à noite? Ela falou alguma coisa para você, sabe, sobre estar chateada comigo? Você sabe que eu parei para comer aquele cachorro-quente durante a passeata dela, mas eu estava com fome de verdade. Ela sabe que eu sou levemente hipoglicêmico e que preciso comer a cada hora e meia.

Por favor, se você tiver notícias dela, me diz? Eu não ligo se ela estiver brava comigo. Só quero saber se está tudo bem com ela.

— Boris Pelkowski

Dá vontade de matar a Lilly por causa disso. Dá mesmo. Isso é muito pior do que aquela vez que ela fugiu com o meu primo Hank. Porque, pelo menos, daquela vez não teve esse negócio de armário.

Caramba! É uma dureza quando a sua melhor amiga é um gênio feminista/socialista em defesa dos representantes do povo.

É mesmo.

Segunda, 5 de maio, sala de presença

Bom, descobri onde a Lilly se meteu o dia inteiro ontem. O sr. G me mostrou no café da manhã. Estava na primeira página do *The New York Times*. Aqui está o artigo. Recortei para guardar em nome da posteridade. E também como modelo para o jeito como deve ser a minha próxima reportagem para *O Átomo*, já que eu sei que a Leslie também vai colocar o meu texto na capa:

GREVE DE AUXILIARES DE GARÇOM EM TODA A CIDADE

MANHATTAN — Funcionários de restaurante da cidade inteira jogaram suas toalhas no chão, em uma iniciativa de demonstrar sua solidariedade a Jangbu Panasa, um colega auxiliar de garçom que foi demitido da *brasserie* quatro estrelas Les Hautes Manger na quinta-feira da semana passada, depois de uma confusão envolvendo a princesa viúva da Genovia.

Testemunhas dizem que Panasa, 18 anos, estava atravessando o restaurante, carregando uma bandeja cheia de louças, quando tropeçou e, sem querer, derramou sopa na princesa viúva. Pierre Jupe, gerente do Les Hautes Manger, diz que Panasa já tinha recebido uma advertência verbal por ter derrubado uma bandeja anteriormente, naquele mesmo dia.

"O sujeito é desastrado, pura e simplesmente", Jupe, de 42 anos, declarou aos repórteres.

No entanto, as pessoas que ficaram do lado de Panasa contam uma história bem diferente. Há razão para acreditar que o auxiliar de garçom não perdeu simplesmente o equilíbrio, mas que teria tropeçado no cachorro de um dos clientes. As regulamentações do Departamento de Saúde Pública da Prefeitura de Nova York exigem que apenas animais funcionais, como os cães-guias de deficientes visuais, tenham licença para entrar em estabelecimentos onde se serve comida ao público. Se ficar provado que o Les Hautes Manger permitiu a algum cliente levar um cachorro ao salão do restaurante, o estabelecimento estará sujeito a multas e pode até ser fechado.

"Não havia cachorro nenhum", declarou aos repórteres o proprietário do restaurante, Jean St. Luc. "O boato a respeito de um cachorro não passa disso, um boato. Nossos clientes jamais entrariam com um cachorro no salão. Todos eles são muito bem educados."

No entanto, os rumores a respeito de um cachorro — ou de uma ratazana grande — persistem. Diversas testemunhas afirmam ter visto uma criatura despelada, aproximadamente do tamanho de um gato ou de uma ratazana grande, correndo de um lado para o outro, entre as mesas. Algumas delas mencionaram que o animal provavelmente seria algum tipo de bicho de estimação da princesa viúva, que estava no restaurante para comemorar o 15º aniversário de sua neta, a representante da realeza em Nova York, a princesa da Genovia, Amelia Thermopolis Renaldo.

Seja qual for a razão da demissão de Panasa, auxiliares de garçom de toda a cidade afirmaram que prosseguirão com a greve até que ele tenha seu emprego de volta. Os proprietários de restaurantes afirmam que seus estabelecimentos continuarão abertos, com auxiliares de garçom ou sem eles, mas há motivo de preocupação. A maior parte dos garçons e das garçonetes, acostumada apenas a tomar pedidos e servir pratos, pode se sentir sobrecarregada. Alguns deles já estão discutindo fazer uma greve solidária aos auxiliares, entre os quais muitos são imigrantes ilegais que trabalham clandestinamente, geralmente ganhando menos do que o salário mínimo e sem benefícios como férias, dias de descanso remunerados, seguro-saúde ou plano de aposentadoria.

Independentemente disto, os restaurantes da cidade vão ter dificuldade de continuar abertos — e as pessoas que estão do lado da greve ficariam muito contentes de ver a comunidade de *restaurateurs* da área metropolitana sofrer pelo que compreendem como décadas de negligência e condescendência.

"Os auxiliares de garçom há muito tempo são alvo de piada de todo mundo", declarou Lilly Moscovitz, 15 anos, que apóia a greve e que ajudou a organizar uma passeata-surpresa até a prefeitura no domingo. "Está na hora de o prefeito e de todo mundo que mora aqui acordar e sentir o cheiro da louça suja: sem os auxiliares de garçom, o nome desta cidade é lama."

Falando sério, não dá para acreditar. Essa coisa toda extrapolou os limites. E tudo por causa do Rommel!!!! Bom, e da Lilly.

Juro que não acreditei quando o Hans encostou na frente do prédio dos Moscovitz hoje de manhã e a Lilly estava lá parada do lado do Michael, com uma cara de que manteiga não derreteria dentro da sua boca. Na verdade eu não sei o que esta expressão significa, mas Mamãe diz isso o tempo todo, então deve ser alguma coisa bem ruim. E a cara da Lilly estava bem assim mesmo. Tipo como se ela estivesse MUUUUUUUUUITO feliz consigo mesma.

Eu só olhei para ela e soltei: "Já falou com o Boris, Lilly?" Eu nem disse nada para o Michael, porque ainda estava meio brava com ele por causa daquela coisa toda da festa de formatura. Foi bem difícil ficar brava com ele porque claro que era de manhã e ele estava muito, muito lindo mesmo, todo barbeado e com o rosto macio, e tipo o pescoço dele devia estar mais cheiroso do que nunca. E é claro que ele é o melhor namorado de todos os tempos, já que ele escreveu aquela música para mim e me deu aquele colar de floco de neve e tudo o mais.

Mas tanto faz. Eu tenho que estar brava com ele. Porque esta é a coisa mais absurda que eu já ouvi, um cara que não quer ir à própria formatura do último ano. Daria para entender se ele não tivesse com quem ir ou alguma coisa assim, mas o Michael TEM com quem ir. EU!!!!!!!!!!! E será que ele não sabe que, se não me levar na festa de formatura do último ano dele, estará me privando totalmente de uma lembrança do ensino médio que eu vou poder ter depois sem sentir um calafrio? Uma lembrança que eu vou poder cultivar, e até mostrar as fotos dela para os meus netos?

Não, é claro que o Michael não sabe nada disso, porque eu não disse a ele. Mas como é que eu posso falar? Quer dizer, ele já devia saber disso. Se ele é mesmo minha alma-gêmea, ele tinha que SABER sem eu ter que falar. Todo mundo que anda com a gente sabe muito bem que eu já vi *A garota de rosa-shocking* 47 vezes. Será que ele acha que eu só assisti a esse filme tantas vezes por gostar do ator que faz o Duck?

Mas a Lilly ignorou totalmente a minha pergunta a respeito do Boris.

"Você tinha que ter ido lá ontem, Mia", ela disse. "Para a passeata na prefeitura, quer dizer. Devia ter umas mil pessoas. Foi totalmente uma demonstração de poder. Fiquei com lágrimas nos olhos de ver as pessoas se unirem daquele jeito para ajudar a causa do trabalhador."

"Você sabe o que mais causou lágrimas nos olhos de alguém?", perguntei na lata. "Você agarrando o Jangbu no armário. Isso fez brotar lágrimas nos olhos do seu namorado. Você se lembra do seu namorado, o BORIS, não lembra, Lilly?"

Mas a Lilly só olhou pela janela, para as flores que tinham brotado como que por magia da sujeira no canteiro central da Park Avenue (na verdade, não tem nada de mágico nisso: o serviço de paisagismo da prefeitura de Nova York vai lá e planta as flores já abertas, na calada da noite). "Ah, olha só", exclamou, toda inocente. "A primavera chegou."

Quanta frieza. Vou dizer, às vezes nem eu sei por que sou amiga dela.

Segunda, 5 de maio, Biologia

Então...

Então o quê?

Então, ele te convidou ontem à noite????

Você não soube?

Soube o quê?

O Michael não acredita em festa de formatura. Ele acha a maior babaquice.

NÃO!!!!!!!!!!!!!!!!!!!!!

É. Ah, Shameeka, o que é que eu vou fazer? Eu sonho em ir à festa de formatura com o Michael a vida inteira, praticamente. Bom, pelo menos desde que a gente começou a namorar. Quero que todo mundo veja a gente dançando e saiba de uma vez que eu sou propriedade de Michael Moscovitz. Apesar de eu saber que isso é muito machista e que ninguém pode ser propriedade de ninguém. Só que... só que eu quero ser propriedade de Michael

Moscovitz!!!!!!!!!!!!!!!!

Estou ligada. Então, o que é que você vai fazer?

O que é que eu POSSO fazer? Nada.

Hmm... você pode tentar conversar com ele sobre isso.

VOCÊ ESTÁ LOUCA????? O Michael disse que acha a festa de formatura uma BABAQUICE. Se eu disser a ele que sempre foi minha fantasia secreta ir à festa de formatura com o homem que eu amo, o que ele vai ficar pensando de mim? Acorda. Aí *eu* é que vou ser babaca.

O Michael nunca ia achar que você é babaca, Mia. Ele te ama. Quer dizer, talvez, se ele soubesse como você se sente de verdade, ele pudesse mudar de idéia sobre esse negócio de festa de formatura.

Shameeka, desculpe, mas acho que você anda assistindo a *Seventh Heaven* demais.

Não é minha culpa. É a única coisa que o meu pai me deixa ver.

Segunda, 5 de maio, S & T

Não sei quanto tempo mais eu vou agüentar isto. Dá para cortar a tensão nesta sala com uma faca. Eu quase queria que a sra. Hill entrasse aqui e começasse a gritar com a gente ou qualquer coisa assim. Qualquer coisa, QUALQUER COISA para acabar com este silêncio horroroso.

É, silêncio. Eu sei que parece bem esquisito a sala de S & T estar em silêncio, considerando que é onde o Boris Pelkowski deveria estar tocando violino, e geralmente ele o faz com tanto vigor que somos obrigados a trancá-lo no armário de material para não enlouquecer com o barulho de arranhar que o arco dele faz.

Mas não. Aquele arco está em silêncio... e temo que assim ficará para sempre. Silenciado pelo terrível golpe da desilusão amorosa, na forma de uma namorada sirigaita... que por acaso é a minha melhor amiga, a Lilly.

A Lilly está sentada do meu lado, fingindo que não sente as ondas silenciosas de mágoa que emanam do namorado dela, que está sentado no canto no fundo da sala perto do globo, com a cabeça enfiada nos braços. Ela tem que estar fingindo, porque todo mundo que está ali está sentindo. As ondas silenciosas de mágoa que emanam do namorado dela, quer dizer. Pelo menos, é o que eu acho. É verdade, o Michael está trabalhando no teclado dele como se nada estivesse acontecendo. Mas ele está usando fone de ouvido. Talvez fones de ouvido sirvam de escudo para ondas silenciosas de mágoa que emanam de alguém.

Eu devia ter pedido fones de ouvido de aniversário.

Fico me perguntando se devo ir até a sala dos professores, chamar a sra. Hill e dizer que o Boris está doente. Porque acho mesmo que ele pode estar. Doente, quer dizer. Doente do coração e possivelmente até do cérebro. Como é que a Lilly pode ser tão malvada? É como se ela estivesse castigando o Boris por um crime que ele não cometeu. Durante todo o almoço, ele ficou perguntando para ela se eles podiam ir a algum lugar reservado, tipo a escada do último andar, para conversar, e a Lilly só ficou repetindo: "Desculpa, Boris, mas não temos nada sobre o que conversar. Acabou tudo entre a gente. Você simplesmente vai ter que aceitar o fato e seguir em frente."

"Mas por quê?", o Boris ficava choramingando. E bem alto, além do mais. Tão alto que os esportistas e as animadoras de torcida, lá na mesa dos populares, ficavam olhando para a gente e dando risadinhas. Foi meio embaraçoso. Mas muito dramático. "O que foi que eu fiz?"

"Você não fez nada", respondeu a Lilly, finalmente jogando um osso para ele. "Só que eu não estou mais apaixonada por você. Nossa relação progrediu até seu auge natural, e ao passo que eu sempre vou me lembrar com carinho dos momentos que passamos juntos, chegou a hora de seguir em frente. Eu ajudei você a alcançar a auto-atualização, Boris. Você não precisa mais de mim. Eu voltei a minha atenção para uma outra alma torturada."

Eu não sei o que a Lilly quer dizer quando fala que o Boris alcançou a auto-atualização. Quer dizer, ele nem se livrou do aparelho dele, nem nada disso. E ele continua enfiando o suéter dentro da calça, menos quando eu falo para ele não fazer isso. Ele é provavel-

158

mente a pessoa menos auto-atualizada que eu conheço... Com exceção de mim mesma, claro.

O Boris não conseguiu engolir nada daquilo muito bem. Quer dizer, no limite das dispensadas, essa aí foi *bem* ruim. Mas o Boris devia saber, como todo mundo sabe, que quando a Lilly enfia uma coisa na cabeça ninguém consegue fazer com que ela mude de idéia. Está sentada aqui neste instante, escrevendo o discurso que ela quer que o Jangbu leia em uma entrevista coletiva que ela está organizando no Holiday Inn de Chinatown hoje à noite.

O Boris precisa encarar: já era.

Fico imaginando o que é que os drs. Moscovitz vão achar quando a Lilly os apresentar ao Jangbu. Tenho plena certeza de que o meu pai não deixaria eu namorar um cara que já saiu da escola. Menos o Michael, claro. Mas ele não conta, porque a gente já se conhece há muito tempo.

Oh-oh. Está acontecendo alguma coisa. O Boris ergueu a cabeça da carteira. Está olhando para a Lilly com olhos que me fazem pensar em carvões em brasa.... se algum dia eu já tivesse visto carvões em brasa, o que eu não vi, porque é proibido fazer fogo com carvão nos limites metropolitanos de Manhattan, devido às regulamentações antifumaça. Mas tanto faz. Ele está olhando para ela com aquele mesmo tipo de fixação concentrada que ele costumava usar para admirar a fotografia do seu modelo de vida, o violinista internacional Joshua Bell. Ele está abrindo a boca. Ele vai falar alguma coisa. POR QUE É QUE EU SOU A ÚNICA PESSOA NESTA CLASSE QUE PRESTA A MENOR ATENÇÃO NO QUE ESTÁ ACONTECENDO...

Segunda, 5 de maio, enfermaria

Ai meu Deus. Foi o maior drama. Mal consigo escrever. Sério. Nunca vi tanto sangue.

Mas tenho quase certeza de que estou destinada a alguma carreira no campo das ciências médicas, porque não me senti como se fosse desmaiar. Nenhuma vez. Na verdade, tirando o Michael e talvez o Lars, eu fui a única pessoa na sala que pareceu ficar com a cabeça no lugar. Isso sem dúvida tem a ver com o fato de que, por ser escritora, observo naturalmente todas as interações humanas, e vi o que ia acontecer antes de todo mundo... talvez até mesmo antes do Boris. A enfermeira até disse que, se não fosse pela minha rápida intervenção, o Boris podia ter perdido muito mais sangue. Ha! E aí, Grandmère, o que você acha disso como atuação digna de uma princesa? Eu salvei a vida de um cara!

Bom, tudo bem, talvez não tenha salvado a *vida* dele, mas o Boris podia ter desmaiado ou qualquer coisa assim se não fosse por mim. Nem posso imaginar o que provocou aquele surto nele. Bom, é, acho que posso sim. Acho que o silêncio na sala de S & T fez com que o Boris tivesse um acesso de loucura. Falando sério.

E consigo entender perfeitamente como isso aconteceu, porque também estava me incomodando.

Bom, mas o que aconteceu foi o seguinte: estávamos lá sentados, cada um pensando nos seus problemas — bom, menos eu, claro, porque eu estava observando o Boris — quando de repente ele ficou em pé e falou: "Lilly, não agüento mais! Você não pode fazer isto comigo! Você tem que me dar uma chance para eu provar minha devoção eterna!"

Ou pelo menos, foi alguma coisa desse tipo. É meio difícil lembrar, devido ao que aconteceu em seguida.

Mas eu lembro bem de como a Lilly respondeu. Na verdade, ela até que foi um pouco gentil. Dava para ver que ela estava se sentindo meio mal por causa do jeito que tinha agido com o Boris na minha festa. Ela falou, com uma voz bem suave: "Boris, sério, desculpa, principalmente por causa do jeito como aconteceu. Mas a verdade é que, quando um amor como o que eu sinto pelo Jangbu toma conta da gente, não dá para segurar. Não dá para segurar os torcedores de beisebol de Nova York quando os Yankees vencem o campeonato. Não dá para segurar as consumidoras de Nova York quando a Century Twenty-one entra em liquidação. Não dá para segurar a enchente nos túneis da linha F do metrô quando chove demais. Da mesma maneira, não dá para conter o amor do tipo que eu sinto pelo Jangbu. Peço desculpas, do fundo do coração, mas é sério, não posso fazer nada. Eu amo Jangbu."

Essas palavras, por mais que tenham sido ditas com gentileza — e até eu, a crítica mais severa da Lilly, tirando talvez o irmão dela, preciso admitir que ela foi mesmo bem gentil —, pareceram atingir Boris como um soco no estômago. Ele tremeu todo. De repente, ele tinha pegado o globo gigante que estava perto dele — o que de fato foi um grande feito atlético, porque aquele globo pesa uma tonelada. Na verdade, ele está na sala de S & T porque é tão pesado que ninguém mais consegue fazê-lo rodar, então a diretoria, em vez de jogar fora, deve ter achado que era melhor simplesmente enfiar lá na classe dos nerds, afinal, eles são nerds e aceitam qualquer coisa.

Então, lá estava o Boris — hipoglicêmico, asmático, com desvio de septo e suscetível a alergias — segurando aquele globo enorme em cima da cabeça, como se ele fosse o Atlas ou o He-Man ou the Rock ou qualquer coisa assim.

"Lilly", começou ele com uma voz estrangulada, que era bem atípica dele — devo ressaltar que, a essa altura, todo mundo na sala estava prestando atenção: quer dizer, o Michael tinha tirado o fone de ouvido e estava olhando para o Boris com muita atenção, e até o cara quietinho que devia estar trabalhando em um tipo novo de supercola que gruda nos objetos mas não na pele (para não ter aquele problema de dedos grudados depois de colar a sola do sapato) pela primeira vez tomou consciência do que estava acontecendo ao redor dele.

"Se você não me aceitar de volta", o Boris disse, arfando — o globo devia pesar mais de vinte quilos, no mínimo, e ele estava segurando a coisa EM CIMA DA CABEÇA —, "vou largar este globo em cima da minha cabeça."

Todo mundo meio que prendeu a respiração ao mesmo tempo. Acho que posso dizer com segurança que não havia dúvidas na cabeça de ninguém de que o Boris estava falando muito sério. Ele estava completamente pronto para deixar aquele globo cair em cima da cabeça dele. Ver isto escrito parece meio engraçado — quer dizer, quem é que FAZ uma coisa dessas? Ameaça deixar um globo cair na cabeça?

Mas tratava-se da aula de Superdotados e Talentosos. Quer dizer, os gênios estão SEMPRE fazendo coisas esquisitas como deixar cair globos em cima da cabeça. Aposto que existem gênios por aí que já deixaram cair coisas mais esquisitas em cima da cabeça. Tipo blocos de cinzas, gatos e coisas assim. Só para ver o que acontece. Quer dizer, fala sério. São todos gênios.

Porque o Boris era um gênio, assim como a Lilly, e ela reagiu à ameaça dele como qualquer outro gênio faria. Uma pessoa normal como eu teria dito: "Não, Boris! Coloque o globo no chão, Boris. Vamos conversar, Boris!"

Mas a Lilly, por ser um gênio, e por ter curiosidade de gênio a respeito do que aconteceria se o Boris largasse mesmo o globo em cima da cabeça — e talvez porque ela queria ver se tinha mesmo poder bastante sobre ele para que fizesse aquilo —, só falou com uma voz cheia de nojo: "Pode largar. Eu não estou nem aí."

E foi quando aconteceu. Deu para ver que o Boris pensou duas vezes — tipo quando finalmente entrou no cérebro dele, desordenado pelo amor, que largar um globo de mais de vinte quilos em cima da cabeça provavelmente não era a melhor maneira de encarar aquela situação.

Mas, bem quando ele ia colocar o globo no chão, ele escorregou — talvez por acidente. Ou talvez de propósito — o que os drs. Moscovitz podem chamar de profecia auto-infligida, como quando a gente diz: "Ah, eu não quero que *isto* aconteça", e daí, exatamente porque você disse isso e porque pensa tanto naquilo, você sem-quer-rer-querendo faz a coisa acontecer —, o Boris largou o globo em cima da cabeça.

O globo fez um barulho oco de pancada quando bateu no crânio do Boris — o mesmo barulho da berinjela que eu deixei cair sem querer da janela do 16º andar da casa da Lilly —, daí ricocheteou e caiu no chão com o maior estrondo.

E daí o Boris colocou a mão na cabeça e começou a cambalear pela sala, incomodando o carinha da cola, que parecia estar com medo de o Boris cair em cima dele e bagunçar todas as anotações dele.

Foi meio que interessante ver como todo mundo reagiu. A Lilly colocou as mãos nas bochechas e simplesmente ficou parada lá, pálida como... bom, a morte. O Michael falou um palavrão e saiu correndo na direção do Boris. O Lars saiu correndo da sala, gritando: "Sra. Hill! Sra. Hill!"

E eu — sem nem mesmo me dar conta do que estava fazendo — levantei, peguei meu suéter da escola, fui andando com firmeza na direção do Boris e gritei: "Senta!", já que ele estava correndo de um lado para o outro igual a uma barata tonta. Não que eu já tenha visto uma barata tonta — e espero nunca na vida ter que ver.

Mas você entendeu o que eu quis dizer.

O Boris, para a minha enorme surpresa, fez o que eu mandei. Ele se afundou na carteira mais próxima, tremendo igual ao Rommel durante uma tempestade de trovões. Daí eu disse, com a mesma voz de comando que parecia não pertencer a mim: "Tira as mãos daí!"

E o Boris tirou as mãos da cabeça.

Foi aí que eu coloquei o meu suéter enrolado em cima do buraquinho na cabeça do Boris, para parar o sangramento, igualzinho eu tinha visto em *Recinto animal*, quando a policial Annemarie Lucas tinha levado para lá um *pit bull* que tinha levado um tiro.

Depois disso, a zona — desculpe o linguajar, mas é verdade — comeu solta.

- A Lilly começou a chorar com soluços enormes, de bebê, o que eu não a vejo fazer desde a primeira série quando eu sem-querer-querendo enfiei uma espátula na garganta dela quando estávamos decorando bolinhos de aniversário para distribuir para a classe porque ela estava comendo toda a cobertura e eu estava achando que não ia sobrar bastante para cobrir todos os bolinhos.

- O cara da cola saiu correndo da sala.

- A sra. Hill *entrou* correndo na sala, seguida por Lars e mais ou menos metade do corpo docente, que aparentemente estava todo na sala dos professores sem fazer nada, como os professores da Albert Einstein High School geralmente fazem.

- O Michael se debruçou em cima do Boris e ficou falando, com uma voz bem calma e tranqüilizadora, que eu tenho certeza de que ele aprendeu com os pais, que com freqüência recebem ligações no meio da noite de pacientes que não tomaram o remédio por alguma razão e ameaçam ficar andando para cima e para baixo da Merritt Parkway com roupa de palhaço: "Vai ficar tudo bem. Boris, vai ficar tudo bem com você. Só respire fundo. Bom. De novo. Respire bem profundamente, devagar. Bom. Você vai ficar bem. Você vai ficar bem de verdade."

E eu só fiquei lá parada, segurando meu suéter no topo da cabeça do Boris, enquanto o globo, que aparentemente se soltou com a queda — ou talvez por causa da lubrificação do sangue de Boris —, ficou lá rodopiando pelo chão preguiçosamente, até parar mostrando o Equador.

Um dos professores foi chamar a enfermeira, que me fez afastar o suéter um pouquinho para ver o machucado do Boris. Daí ela logo fez com que eu pressionasse o suéter de novo. Daí ela falou com o Boris, com o mesmo tom de voz calmo que o Michael estava usando: "Vamos lá, rapaz. Acompanhe-me até a enfermaria."

Só que o Boris não conseguia caminhar sozinho até a enfermaria, porque quando tentou ficar de pé, os joelhos dele meio que ficaram moles, provavelmente por causa da hipoglicemia. Então o Lars e o Michael meio que carregaram o Boris até a enfermaria enquanto eu ficava lá com o suéter pressionado na cabeça dele, porque, bom, ninguém me disse que era para parar.

Quando passamos pela Lilly no caminho, dei uma boa olhada no rosto dela, e ela tinha mesmo ficado pálida como a morte — o rosto dela estava da cor da neve de Nova York, um cinza pálido meio amarelado. Ela parecia meio enjoada. O que, se você quer saber a minha opinião, é bem feito.

Então, agora o Michael e o Lars e eu estamos sentados aqui enquanto a enfermeira preenche o relatório de acidente. Ela ligou para a mãe do Boris, que deve vir buscá-lo para levá-lo ao médico da família. O ferimento causado pelo globo não é muito profundo, mas a enfermeira acha que vai precisar de alguns pontos, e o Boris vai ter que tomar vacina antitetânica. A enfermeira elogiou muito a minha ação rápida. Ela falou: "Você é a princesa, não é?", e eu respondi bem séria que era.

Não dá para evitar, mas estou um pouco orgulhosa de mim mesma.

É estranho como, apesar de eu não gostar de ver sangue em filmes e tal, na vida real não me incomodou nem um pouquinho. Ver o sangue do Boris, quer dizer. Porque eu tive que ficar sentada com a cabeça entre os joelhos naquela vez na aula de biologia em que mostraram um filme sobre acupuntura. Mas ver o sangue jorrar da cabeça do Boris na vida real não me causou nenhum calafrio.

Talvez eu tenha ação retardada ou qualquer coisa assim. Sabe como é, distúrbio pós-traumático.

Apesar de que, para ser franca, se toda essa coisa de princesa não provocou distúrbio pós-traumático em mim, duvido muito que ter visto o ex-namorado da minha melhor amiga jogar um globo na cabeça vá fazer isso.

Oh-oh. Lá vem a diretora Gupta.

Segunda, 5 de maio, Francês

Mia, é verdade o que falaram do Boris? Ele tentou mesmo se matar durante o quinto tempo tentando apunhalar o próprio peito com um compasso? —
Tina

Claro que não. Ele tentou se matar deixando um globo cair na cabeça.

AI MEU DEUS!!!!!!!! Ele vai ficar bem?

Vai, vai sim, graças à ação rápida minha e do Michael. Mas ele provavelmente vai ficar com uma tremenda dor de cabeça durante alguns dias. A pior parte foi ter que falar com a diretora Gupta. Porque é claro que ela quis saber por que ele fez aquilo. E eu não queria que a Lilly se ferrasse, nem nada. Não que seja culpa da Lilly, não mesmo. Bom, acho que meio que é sim...

Claro que é!!!! Você não acha que ela podia ter lidado com a situação um pouco melhor? Meu Deus, ela estava praticamente beijando o Jangbu de língua bem na frente do Boris! Então, o que foi que você disse para a diretora mala?

Ah, você sabe. O de sempre. Que o Boris devia ter explodido por causa da pressão que os professores da AEHS exercem sobre a gente, e por que é que a diretoria não pode cancelar as provas finais, como fizeram em Harry Potter 2. Só que ela não ouviu, porque, tipo, ninguém morreu, nem apareceu uma cobra gigante para perseguir a gente por aí, nem nada do tipo.

Mesmo assim, é totalmente a coisa mais romântica de que eu já ouvi falar. Nem nos meus sonhos mais loucos um homem ficaria tão desesperado para reconquistar meu coração que faria algo como deixar um globo cair em cima da cabeça.

Eu sei! Se você quer saber a minha opinião, a Lilly está total repensando toda a coisa do Jangbu. Pelo menos, acho que sim. Na verdade, ainda não falei com ela desde que tudo aconteceu.

Meu Deus, quem diria que durante todo este tempo batia dentro do peito do Boris um coração do tipo do Heathcliff?

Só! Fico pensando se o espírito dele vai ficar vagando pela Rua 75 igual o do Heathcliff ficou lá no Morro dos Ventos Uivantes. Sabe como é, depois que a Cathy morreu.

Eu meio que sempre achei o Boris fofo. Quer dizer, eu sei que você se incomoda com gente que respira pela boca, mas você precisa admitir, ele tem mãos muito lindas.

MÃOS? Quem é que liga para MÃOS?????

Hmm, elas são um pouco importantes. Acorda. É o que os caras usam para PEGAR *em você.*

Você é nojenta, Tina, muito nojenta.

Apesar de que pode ser o roto falando do rasgado, levando em conta o negócio todo do pescoço do Michael. Mas deixa pra lá. Eu nunca CONFESSEI *isso para ninguém. Em voz alta.*

Segunda, 5 de maio, na limusine a caminho da aula de princesa

Eu sou totalmente a estrela da escola. Como se o negócio de princesa já não bastasse, agora está circulando por toda a Albert Einstein que o Michael e eu salvamos a vida do Boris. Meu Deus, somos iguais ao dr. Kovac e a enfermeira Abby da AEHS!!!!!!!!! E o Michael até se PARECE um pouco com o dr. Kovac. Sabe como é, com o cabelo escuro e aquele peito lindo e tudo o mais.

Nem sei por que a minha mãe vai se dar ao trabalho de contratar uma parteira. Ela devia simplesmente pedir para eu fazer o parto. Tipo, eu poderia totalmente fazer isto. E, tipo, eu só preciso de uma tesoura e uma luva de apanhador de beisebol. Caramba.

Meu Deus. Vou ter que pensar melhor neste negócio de ser escritora. Meus talentos podem estar em uma esfera completamente diferente.

Segunda, 5 de maio, no lobby do Plaza

O Lars acabou de me dizer que, para entrar na faculdade de medicina, precisa tirar nota boa em matemática e em ciências. Dá para entender por que é preciso saber ciências, mas MATEMÁTICA?????? POR QUÊ?????? Por que o sistema educacional americano está conspirando contra mim para impedir que eu atinja meus objetivos profissionais?

Segunda, 5 de maio, no caminho de casa voltando do Plaza

Pode deixar com Grandmère a tarefa de colocar fim à minha alegria. Eu ainda estava toda alegre por causa do milagre médico que eu tinha realizado na escola — bom, foi MESMO um milagre: um milagre eu não ter desmaiado ao ver todo aquele sangue — e Grandmère falou uma coisa tipo assim: "Então, quando é que eu posso marcar a sua prova de roupa na Chanel? Porque eu mandei reservar um vestido lá para você que eu acho que vai ser perfeito para esta festinha de formatura que a deixa tão animada, mas se você quiser que fique pronto a tempo, precisa ir lá experimentar amanhã ou depois."

Então, daí eu tive que explicar a ela que o Michael e eu não iríamos à festa de formatura.

Ela não reagiu à notícia como uma avó normal, claro. Uma avó normal teria se mostrado solidária e teria feito um agradinho na minha mão e me dado uns biscoitos feitos em casa ou um dólar ou alguma coisa assim.

Mas não a minha avó. Ah, não. A *minha* avó só ficou, tipo: "Bom, então você obviamente não fez o que eu sugeri."

Caramba, é isso aí, culpe a vítima, vó!

"Du qué que cê tá falando?", eu soltei.

Então, é claro que ela ficou toda: "Do que é que eu estou falando? Foi isso que você disse? Então, pergunte da maneira adequada."

"Do... que... é.. que... você... está... falando... Grandmère?",
perguntei de novo, com mais educação, apesar de por dentro, é claro, eu não me sentir nem um pouco educada.

"Estou dizendo que você não fez o que eu falei para fazer. Eu falei que se você encontrasse o incentivo adequado, o seu Michael ficaria feliz da vida de acompanhá-la à festa de formatura. Mas, claramente, você prefere ficar aí sentada de mau humor em vez de tomar a atitude necessária para conseguir aquilo que você deseja."

Fiquei muito ofendida com isso.

"Desculpe-me, Grandmère", justifiquei-me, "mas eu fiz tudo humanamente possível para convencer o Michael a ir à festa de formatura." Menos, é claro, explicar para ele de fato *por que* é tão importante para mim. Porque eu não tenho muita certeza de que *se* dissesse a ele por que é tão importante para mim ele resolveria ir. E aí, sim, seria uma droga COMPLETA. Sabe como é, se eu despisse a minha alma para o homem que eu amo, estaria nas mãos dele decidir se quer ou não ir a uma coisa babaca como a festa de formatura para fazer o meu desejo se tornar realidade.

"Pelo contrário, não fez, não", Grandmère discordou. Ela apagou o cigarro no cinzeiro, soltando nuvens de fumaça acinzentada pelo nariz — é totalmente chocante ver como o peso do trono da Genovia repousa unicamente sobre os meus ombros magros, e, no entanto, minha avó continua despreocupada em relação aos efeitos da fumaça sobre os meus pulmões — e mandou: "Eu já expliquei isto antes para você, Amelia. Em situações em que as partes opostas estão tentando chegar a um acordo, mas têm dificuldade em fazê-lo, é sempre de seu interesse recuar e perguntar a si mesma qual é o desejo do inimigo."

Pisquei para ela, no meio de toda aquela fumaça. "Eu tenho que descobrir o que o Michael quer?"

"Correto."

Dei de ombros. "Fácil. Ele não quer ir à festa de formatura. Porque é uma babaquice."

"Não. Isso é o que o Michael *não* quer. O que é que ele *quer?*"

Precisei pensar bem na resposta.

"Hmm", fiz eu, observando o Rommel quando ele, ao perceber que Grandmère estava ocupada com outra coisa, curvou o corpo e começou a lamber o pêlo das patas. "Acho que... o Michael quer tocar com a banda dele?"

"*Bien*", Grandmère disse, o que quer dizer "bom" em francês. "Mas o que *mais* ele pode querer?"

"Hmm... Não sei." Eu ainda estava pensando no negócio da banda. É obrigação dos alunos dos anos mais baixos organizar a festa de formatura para os alunos do último ano, apesar de nós mesmos não podermos ir, a menos que algum aluno do último ano nos convide. Tentei me lembrar do que o comitê da festa de formatura tinha dito em *O Átomo*, no que diz respeito às providências musicais que tinham tomado para a festa. Acho que tinham contratado um DJ ou qualquer coisa assim.

"Claro que você sabe o que o Michael quer", Grandmère exclamou, de maneira brusca. "O Michael quer o que *todos* os homens querem."

"Você está falando de..." Fiquei estupefata com a rapidez com que a mente da minha avó trabalhava. "Você está dizendo que eu devia pedir ao comitê de formatura para a banda do Michael tocar na festa?" Grandmère começou a engasgar por alguma razão. "O-o quê?", perguntou ela, praticamente com o uso de apenas meio pulmão.

Recostei-me na cadeira, completamente sem palavras. Isso nunca tinha me ocorrido antes, mas a solução de Grandmère para o problema era absolutamente perfeita. Nada deliciaria mais ao Michael do que uma apresentação de verdade e remunerada da Skinner Box. E daí eu ia conseguir ir à festa... e não só com o homem dos meus sonhos, mas com um *verdadeiro integrante da banda que ia tocar*. Será que tem alguma coisa mais legal no mundo do que ir à festa de formatura com um integrante da banda que vai tocar na festa? Hmm, não. Não, não tem não.

"Grandmère", falei, quase sem fôlego. "Você é um gênio."

Grandmère estava tomando o restinho do gelo do Sidecar dela. "Não faço a menor idéia do que você está falando, Amelia", retrucou ela.

Mas eu sabia que, pela primeira vez na vida, Grandmère só estava sendo modesta.

Daí eu me lembrei de que devia estar brava com ela, por causa do Jangbu. Então, eu mandei: "Mas, Grandmère, vamos falar sério um minuto. Essa coisa dos auxiliares de garçom... a greve. Você precisa fazer alguma coisa. É tudo culpa sua, você sabe disso."

Grandmère me olhou através de toda aquela fumaça azul que saía do cigarro novo que ela acabara de acender.

"Como assim, sua garotinha ingrata?", devolveu ela. "Eu resolvo todos os seus problemas e é assim que você me agradece?"

"Estou falando sério, Grandmère", insisti. "Você precisa ligar para o Les Hautes Manger e contar a eles a respeito do Rommel. Dizer que foi sua culpa por o Jangbu ter tropeçado, e que eles precisam devolver o emprego dele. Senão, não é justo. Quer dizer, o coitado perdeu o emprego!"

"Ele encontra outro", Grandmère comentou, fazendo pouco caso.

"Não sem referências", observei.

"Então, ele que volte para sua terra nativa", resolveu ela. "Tenho certeza de que os pais dele sentem sua falta."

"Grandmère, ele é do *Nepal*, um país que está sob a opressão dos chineses há décadas. Ele não pode voltar para lá. Não tem nenhum emprego lá. Ele vai morrer de fome."

"Eu não quero mais discutir este assunto", Grandmère decidiu, toda pomposa. "Diga-me quais são os dez pratos servidos em um casamento real genoviano."

"Grandmère!"

"Diga!"

Daí eu não tive outra escolha senão ficar falando dos dez pratos servidos tradicionalmente em um casamento genoviano — azeitonas, antepasto, massa, peixe, carne, salada, pão, queijo, frutas e sobremesa (observação para mim mesma: quando eu e o Michael nos casarmos, lembrar de não fazer a cerimônia na Genovia, a menos que o palácio faça um banquete totalmente vegetariano).

Não sei como alguém que se entregou totalmente para o lado do mal como Grandmère pode sair com uma idéia tão brilhante como conseguir fazer com que a banda do Michael toque na festa de formatura.

Mas acho que até o Darth Vader tem lá os seus momentos. Não consigo pensar em nenhum agora, mas tenho certeza de que ele teve algum.

Segunda, 5 de maio, 21h, no sótão

Más notícias:

Passei horas olhando edições antigas de *O Átomo*, tentando descobrir quem era o chefe do comitê da festa de formatura, para que eu pudesse mandar um e-mail para ele ou para ela com o meu pedido para que a Skinner Box fosse considerada como possível atração ao vivo como alternativa ao DJ que eles tinham contratado. Então você só pode imaginar a minha surpresa e decepção quando finalmente passei os olhos pelo artigo que estava procurando, e encontrei a resposta apavorante bem ali, preto no branco:

Lana Weinberger.

A LANA WEINBERGER é a chefe do comitê da festa de formatura deste ano.

Bom, terminou tudo. Estou morta. Não vou conseguir ir à festa de formatura DE JEITO NENHUM agora. Quer dizer, a Lana ia preferir largar o regime da Zona dela a contratar a banda do meu namorado. Quer dizer, a Lana me odeia com todas as forças, e sempre odiou.

E posso afirmar que o sentimento é mútuo.

O que é que eu vou fazer AGORA? NÃO DÁ para perder a festa de formatura. Simplesmente NÃO DÁ!!!!!!!!!

Mas acho que o meu problema não é o maior do mundo. Quer dizer, tem gente muito pior do que eu. Tipo o Boris, por exemplo. Acabei de receber este e-mail dele:

JOSHBELL2: Mia, eu só queria agradecer pelo que você fez por mim hoje. Não sei por que eu tive uma atitude tão idiota. Acho que eu estava tomado pela emoção. Eu amo tanto a Lilly! Mas agora está claro para mim que não estamos destinados um para o outro, como achei que estávamos durante tanto tempo (erroneamente, percebo afinal). Não, a Lilly é como um cavalo selvagem, nascida para correr livre. Agora eu vejo que homem nenhum — muito menos alguém como eu — pode achar que vai domá-la.

Aprecie o que você tem com o Michael, Mia. Amar e ser amado é uma coisa rara e linda.

— Boris Pelkowski

PS: A minha mãe disse que vai mandar o seu suéter para a lavanderia para eu poder devolver no final da semana. Ela disse que o pessoal na Star Cleaners acha que consegue tirar a mancha de sangue sem estragar o tecido.

— B.P.

Coitado do Boris! Imagine só, pensar na Lilly como um cavalo selvagem. Talvez um cogumelo selvagem. Mas um *cavalo*? Acho que não.

Achei que era melhor ver se estava tudo bem com ela, porque da última vez que eu a vi, a Lilly estava com o rosto meio verde. Enviei um e-mail completamente não-acusatório, totalmente amigável, perguntando como ia a saúde mental dela depois das provações deste dia.

Você pode imaginar como eu fiquei escandalizada quando vi que o que recebi em troca dos meus esforços foi o seguinte:

WOMYNRULE: Fala, P.D.G.!

(PDG é o apelido que a Lilly resolveu me dar há algumas semanas. Significa Princesa da Genovia. Eu já pedi mil vezes para ela parar com isso, mas ela insiste, provavelmente porque eu cometi o erro de deixar que ela soubesse que me incomoda.)

E aí? Senti sua falta na coletiva de imprensa da JPAACDIJP hoje. Parece que vamos conseguir o apoio do sindicato dos hotéis. Se eu conseguir fazer com que os hotéis entrem em greve, além dos empregados de restaurantes, vamos fazer a cidade se ajoelhar na nossa frente! Afinal, as pessoas vão começar a perceber que não se deve brincar com os funcionários do setor de serviços! O homem do povo merece receber um salário digno!

Que loucura aquele negócio do Boris hoje à tarde, hein? Preciso dizer, ele me deu o maior susto. Eu não fazia idéia de que ele era tão maluco. Mas, bom, ele É músico, né? Eu já devia saber. Mas foi bem legal o jeito que você e o Michael lidaram com a situação. Vocês dois pareciam o dr. McCoy e a enfermeira Chapel. Mas acho que você ia preferir se eu dissesse que foi igual ao dr. Kovac e a enfermeira Abby. O que eu acho que meio foi mesmo.

Bom, preciso ir. Minha mãe quer que eu tire a mesa.

— Lil

PS: O Jangbu fez a coisa mais fofa do mundo depois da coletiva de imprensa hoje à noite. Ele comprou uma rosa de seda para mim em uma barraquinha da Canal Street. Tãããão romântico. O Boris nunca fez uma coisa dessas.

— L

Preciso reconhecer: fiquei chocada. Chocada pela dispensada fria que a Lilly deu no coitado do Boris, com toda a dor dele. Chocada com o *e aí* dela e a referência que ela fez a *Jornada nas estrelas* original... A própria Lilly teria dito que isso é coisa do passado, principalmente porque ela sempre está atualizadíssima em tudo que se trata da cultura pop. E fiquei VERDADEIRAMENTE chocada por ela sugerir que todos os músicos são malucos. Quer dizer, acorda! O irmão dela, o Michael, O MEU NAMORADO, é músico! E, sim, claro que a gente tem os nossos problemas, mas não por ele ser maluco, de jeito nenhum. Na verdade, se é para falar alguma coisa, os meus problemas com o Michael têm a ver com o fato de ele, por ser de Capricórnio, ter os pés plantados DEMAIS no chão, ao passo que eu, uma taurina de espírito livre, desejo colocar um pouco mais de diversão à nossa relação.

Respondi no mesmo instante. Reconheço que estava tão brava que as minhas mãos tremiam enquanto eu digitava.

FTLOUIE: Lilly, talvez te interesse o fato de o Boris ter que levar dois pontos E uma vacina antitetânica por causa do que aconteceu em S & T hoje. Além disso, ele pode até ter tido uma concussão. Talvez você pudesse se desvencilhar um pouquinho do seu trabalho incansável pela causa do Jangbu, um cara que VOCÊ SÓ CONHECEU HÁ TRÊS DIAS, e demonstrar um pouco de apreço pelo seu ex, com quem você saiu durante OITO MESES INTEIROS.

— M

A resposta da Lilly foi quase instantânea.

WOMYNRULE: Desculpa, P.D.G., mas acho que não gostei nem um pouquinho do seu tom condescendente. Por favor, não venha dar uma de princesa para cima de mim. Sinto muito se por acaso você não gosta do Jangbu ou do trabalho que eu estou fazendo para ajudar a ele e às pessoas iguais a ele. No entanto, isso não significa que eu deva ficar refém do meu antigo relacionamento devido à teatralidade juvenil de um narcisista cheio de ilusões como o Boris. Eu não o obriguei a pegar aquele globo e largar em cima da cabeça dele. Ele fez essa escolha sozinho. E eu achei que você, como telespectadora fiel do Lifetime Movie Channel for Women, reconheceria o comportamento manipulador do Boris como uma atitude de psicopata.

Mas, bom, talvez se você parasse de assistir a tantos filmes e tentasse viver de verdade para variar, você pudesse enxergar tudo isso. Você também estaria escrevendo algo mais desafiador do que o cardápio da cantina para o jornal da escola.

Dava para ver que ela estava se sentindo culpada pelo que tinha feito ao Boris, pela maneira seca com que ela o atacou. Isso dava para ignorar. Mas o ataque dela aos meus textos não podia ficar em branco. Respondi ao ataque imediatamente, assim:

FTLOUIE: Ah, tá, talvez eu assista mesmo a muitos filmes, mas pelo menos eu não fico andando por aí com a cara grudada em uma lente de câmera, do jeito que você faz. Eu prefiro ASSISTIR a filmes a ficar inventando dramas PARA os filmes. Além do mais, fique sabendo que a Leslie Cho me pediu outro dia para escrever uma reportagem para o jornal.

E foi isso que eu recebi como resposta:

WOMYNRULE: É, uma reportagem que *EU* tornei possível. Você é uma fraca. Volte para os seus lamentos porque você tem que passar o verão em um palácio na Genovia (buá-buá-buá) e que o meu irmão não quer ir à festa de formatura com você, e deixe a resolução de problemas REAIS para gente como eu, que tem mais bagagem intelectual para lidar com eles.

Bom, foi a gota d'água. A Lilly Moscovitz não é mais a minha melhor amiga. Eu já agüentei todas as agressões que posso suportar. Estou pensando em escrever para ela e dizer isto.

Mas talvez seja algo infantil demais, não INTELECTUAL o bastante.

Talvez eu só pergunte para a Tina se ela não quer ser a minha melhor amiga daqui para a frente.

Mas, não, isto também seria infantil demais. Quer dizer, até parece que a gente ainda está na segunda série. Somos praticamente mulheres, como a minha mãe disse. Mulheres como a minha mãe não saem por aí declarando quem é a melhor amiga delas e quem não é. Elas só meio que... sabem. Sem dizer nada a esse respeito. Não sei como, mas elas sabem. Talvez seja a coisa do estrogênio ou algo assim.

Ai meu Deus, que dor de cabeça.

Segunda, 5 de maio, 23h

Quase caí no choro agora há pouco, quando fui checar meu e-mail pela última vez antes de ir para a cama. Isso porque o que eu achei lá foi o seguinte:

LINUXRULZ: Mia, tem certeza que você não está brava comigo por causa de alguma coisa? Porque você mal disse três palavras para mim o dia inteiro. Menos durante aquela coisa toda do Boris. Eu fiz alguma coisa errada?

Daí outro, um segundo depois:

LINUXRULZ: Esquece o último e-mail. Foi uma idiotice. Eu sei que se eu tivesse feito alguma coisa para deixar você chateada, você teria me dito. Porque você é assim. E essa é uma das razões por que a gente dá tão certo juntos. Porque podemos dizer qualquer coisa um para o outro.

E daí:

LINUXRULZ: Não é aquele negócio da sua festa, é? Você sabe, porque eu não queria bater no Jangbu por ficar agarrando a minha irmã? Porque me envolver na vida amorosa da minha irmã não é nunca uma boa idéia, como você já deve ter reparado.

E daí:

LinuxRulz: Bom, sei lá. Boa noite. E eu te amo.

Ah, Michael, meu doce protetor!
POR QUE VOCÊ NÃO ME LEVA À SUA FESTA DE FORMA-
TURA??????????????????????????????

Terça, 6 de maio, 3h

Ainda não estou conseguindo acreditar na coragem dela. Eu aprendi MUITA COISA sobre a escrita assistindo a filmes. Por exemplo:

DICAS VALIOSAS QUE EU, MIA THERMOPOLIS, APRENDI SOBRE A ESCRITA COM OS FILMES

Aspen — Dinheiro, sedução e perigo: T.J. Burke se muda para Aspen para se tornar instrutor de esqui, mas na verdade ele só quer escrever. Quando acaba de redigir sua homenagem tocante ao amigo falecido Dex, coloca o texto em um envelope e manda para a revista *Powder*. Um balão de ar quente e dois cisnes passam voando. Daí a gente vê um carteiro colocando um exemplar da revista *Powder* na caixa de correio de T.J. Na capa tem uma chamada sobre o artigo que ele escreveu! É fácil *assim* ser publicado.

Garotos incríveis: Sempre faça um *backup* dos seus arquivos.

Adoráveis mulheres: Idem.

Moulin Rouge — Amor em vermelho: Quando estiver escrevendo uma peça, não se apaixone pela atriz principal. Especialmente se ela estiver doente. Também não beba nada verde oferecido por um anão.

A redoma de vidro: Não deixe a sua mãe ler o seu livro até *depois* de ele estar publicado (daí ela não vai mais poder fazer nada a respeito dele).

Adaptação: Nunca confie em um irmão gêmeo.

Ela é inesquecível — A história de Jacqueline Susann: Os editores na verdade não ligam se você entregar um manuscrito em papel cor de rosa. Além disso, sexo vende bem.

Como é que a Lilly OUSA sugerir que eu perdi meu tempo assistindo à TV?

E se por acaso eu escolher uma profissão na área médica, ainda estou bem na foto, porque já vi praticamente todos os episódios de *Plantão Médico* que já foram produzidos.

Isso sem falar em *M*A*S*H*.

Terça, 6 de maio, S & J

Que dia mais horrível até agora, em todos os aspectos:

1. O sr. G nos deu uma prova-surpresa de álgebra em que eu fui mal porque estava com a cabeça cheia daquela coisa toda de Boris/Lilly/festa de formatura ontem à noite para estudar. É de se pensar que o meu próprio padrasto seria legal o bastante para me dar uma ou duas dicas de que ia ter prova-surpresa. Mas aparentemente isso iria contra algum tipo de código ético dos professores. Até parece. E o código de ética dos padrastos? Alguém já pensou NISSO?

2. A Shameeka e eu fomos pegas passando bilhetinhos de novo. Preciso escrever uma redação de mil palavras sobre os efeitos do aquecimento global nos ecossistemas da América do Sul.

3. Não consegui ninguém para fazer dupla comigo no projeto de doenças e síndromes que estamos desenvolvendo em Saúde e Segurança, porque a Lilly e eu não estamos nos falando. Ela está naquela de ficar me evitando. Até pegou o metrô para vir à escola em vez de vir comigo e com o Michael na limusine. Mas eu não estou nem aí.

Além disso, quando sorteamos as doenças, eu peguei síndrome de Asperger. Por que eu não peguei uma legal, tipo ebola? É a maior injustiça, principalmente porque agora eu estou considerando a possibilidade de seguir carreira na área médica.

4. No almoço eu comi um pedaço de lingüiça que por acaso estava na minha pizza individual só de queijo. Além disso, o Boris passou todo o período escrevendo *Lilly* sem parar no estojo do violino dele. A Lilly nem apareceu para o almoço. Espero que ela e o Jangbu tenham entrado em um avião para o Nepal e não venham mais encher a gente. Mas o Michael acha que não. Ele acha que Lilly tinha outra entrevista coletiva de imprensa.

5. O Michael não mudou de idéia a respeito da festa de formatura. Não que eu tenha tocado no assunto nem nada. Só que por acaso eu passei com ele ao lado da mesa em que a Lana e o resto do comitê da festa estão vendendo as entradas e o Michael disse "babaca" por entre os dentes quando viu o cara que odeia quando colocam milho no feijão comprando entradas para ele e a namorada.

Até o cara que odeia quando colocam milho no feijão vai à festa de formatura. Todo mundo na face da Terra vai à festa de formatura. Menos eu.

A Lilly ainda não voltou de onde ela foi antes do almoço. O que provavelmente é melhor assim. Acho que o Boris não ia agüentar se ela entrasse aqui agora. Ele achou um corretor no armário de material e está usando para fazer redemoinhos em volta do nome da Lilly no estojo do violino dele. Estou com vontade de sacudi-lo e falar: "Sai desta, cara! Ela não vale a pena!"

Mas tenho medo de que isso solte os pontos dele.

Além disso, a sra. Hill, claramente devido aos acontecimentos de ontem, está sentada na mesa dela e não levanta, folheando catálogos da Garnet Hill e ficando de olho na gente. Aposto que ela se encrencou por causa da coisa toda do virtuose-do-violino-largando-um-globo-em-cima-da-cabeça. A diretora Gupta realmente é muito severa em relação ao derramamento de sangue dentro da escola.

Já que eu não tenho nada melhor para fazer, vou compor um poema que expresse meus verdadeiros sentimentos sobre tudo que está acontecendo. Minha intenção é chamá-lo de "Febre da Primavera". Se for bom o suficiente, eu vou apresentá-lo a *O Átomo*. Anonimamente, claro. Se a Leslie ficasse sabendo que eu tinha escrito aquilo, ela nunca publicaria, porque, como eu sou foca, ainda não paguei o preço de estar no jornal.

Mas se ela simplesmente ENCONTRAR o papel enfiado por debaixo da porta da redação de *O Átomo*, talvez ela publique.

Da maneira como eu vejo as coisas, não tenho nada a perder. Porque parece que pior do que está não fica.

Terça, 6 de maio, hospital St. Vincent

As coisas pioraram. Muito, muito, muito.

Provavelmente, a culpa é toda minha. É tudo minha culpa porque eu escrevi aquilo antes. Sobre pior do que está não fica. Acontece que as coisas PODEM SIM ficar piores do que

- Ir mal na prova de álgebra.
- Se ferrar em biologia por passar bilhetinhos.
- Pegar síndrome de Asperger como projeto de Saúde e Segurança.
- Seu pai tentar fazê-la passar a maior parte do verão na Genovia.
- Seu namorado se recusar a levá-la à festa de formatura.
- Sua melhor amiga chamá-la de fraca.
- O namorado dela precisar levar pontos na cabeça por ter se machucado de propósito com um globo.
- E a sua avó tentar obrigá-la a jantar com o sultão de Brunei.

O que é pior do que tudo isso é a sua mãe grávida desmaiar na seção de congelados do supermercado Grand Union.

Estou falando supersério. Ela caiu de cara em cima dos sorvetes da Häagen-Dazs. Ainda bem que ela desviou dos potes de Ben & Jerry e caiu de costas, ou então meu futuro irmão ou futura irmã teria sido esmagado sob o peso da própria mãe.

O gerente do Grand Union aparentemente não fazia a menor idéia a respeito do que fazer. De acordo com testemunhas, ele saiu correndo pela loja inteira, agitando os braços e berrando: "Mulher morta no corredor quatro! Mulher morta no corredor quatro!"

Não sei o que teria acontecido se o Departamento de Bombeiros de Nova York não estivesse lá por acaso. Estou falando sério. A Companhia 9 faz as compras do quartel no Grand Union — eu sei disso porque a Lilly (quando ainda era minha melhor amiga e a gente percebeu que os bombeiros são gostosos) e eu costumávamos ir lá o tempo todo para vê-los escolhendo mangas e nectarinas —, e por acaso eles estavam lá, fazendo as compras da semana, quando a minha mãe caiu na horizontal. Checaram logo o pulso dela e descobriram que não estava morta. Daí chamaram uma ambulância e mandaram ela rapidinho para o hospital St. Vincent, que é o pronto-socorro mais próximo.

Que pena que a minha mãe estava inconsciente. Ela teria adorado ter visto todos aqueles bombeiros gostosos se debruçando em cima dela. Além disso, sabe como é, o fato de eles terem força suficiente para erguê-la... e com o peso que ela está atualmente, isso é um grande feito. É bem legal.

Dá para imaginar que eu só estava sentada lá, morrendo de tédio na aula de francês, e o meu celular tocou... bom, eu entrei em pânico. Não porque aquela tinha sido a primeira vez que alguém ligava para mim, nem porque a Mademoiselle Klein sempre confisca os celulares que tocam na aula dela, mas porque as únicas pessoas que têm direito de me ligar no meu celular são a minha mãe e o sr. G, e só para me falar para ir para casa porque meu irmão ou irmã está prestes a nascer.

Só que quando eu finalmente atendi o telefone — demorou um minuto até eu perceber que era o MEU telefone que estava tocando (eu fiquei olhando com cara de acusação para todo mundo na classe, e eles só olhavam para mim sem entender nada) —, não era nem a minha mãe nem o sr. G para dizer que o bebê estava chegando. Era o capitão Pete Logan, para perguntar se eu conhecia uma tal de Helen Thermopolis, e se eu conhecia, se eu podia ir me encontrar com ela no hospital St. Vincent imediatamente. O bombeiro tinha achado o celular da minha mãe na bolsa dela, e discou o único número que ela tinha armazenado...

O meu.

Eu quase tive um enfarto, lógico. Dei um grito e peguei minha mochila, e depois o Lars. Daí ele e eu saímos de lá correndo sem explicar nada para ninguém... como se de repente eu tivesse desenvolvido síndrome de Asperger ou qualquer coisa assim. No caminho para fora do prédio, passei correndo pela classe do sr. Gianini, daí voltei, enfiei a cabeça na porta e gritei que a mulher dele estava no hospital e que era melhor ele largar aquele giz e nos acompanhar.

Nunca vi o sr. G tão assustado. Nem quando ele foi apresentado a Grandmère.

Daí nós três saímos correndo até a estação de metrô da rua 77 — porque de jeito nenhum que um táxi ia conseguir levar a gente até lá bem rápido, no trânsito do meio do dia, e o Hans e a limusine ficam de folga até a hora que eu saio da escola às 15h.

Acho que os funcionários do St. Vincent (que são totalmente ótimos, aliás) nunca tinham visto nada parecido com a princesa histérica da Genovia, o guarda-costas dela e o padrasto dela. Nós três entramos de supetão na sala de espera do pronto-socorro e ficamos lá gritando o nome da minha mãe até que finalmente apareceu uma enfermeira e falou uma coisa do tipo: "A Helen Thermopolis está passando bem. Está acordada e descansando neste momento. Ela só ficou um pouco desidratada e desmaiou."

"Desidratada?", eu quase tive outro enfarto, mas dessa vez por um motivo diferente. "Ela não está bebendo os oito copos de água diários dela?"

A enfermeira sorriu e disse: "Bom, ela mencionou que o bebê está fazendo muita pressão sobre a bexiga dela..."

"Ela vai ficar bem?", o sr. G quis saber.

"O BEBÊ vai ficar bem?", eu quis saber.

"Os dois vão ficar ótimos", a enfermeira respondeu. "Venham comigo e eu levo vocês até ela."

Daí a enfermeira nos conduziu para dentro do pronto-socorro — o pronto-socorro de verdade do hospital St. Vincent, aonde todo mundo de Greenwich Village vai para tomar vacina ou para tirar a pedra do rim!!!!!!!!!!! Vi toneladas de gente doente lá. Tinha um cara com tudo que é tipo de tubo enfiado nele. E um outro cara vomitando em uma bacia. Tinha um aluno da Universidade de Nova York "descansando um pouco" e uma senhora com palpitações e uma supermodelo que tinha caído do salto agulha e um pedreiro com um talho na mão e um ciclista de entregas que tinha sido atingido por um táxi.

Mas bom, antes que eu tivesse a oportunidade de olhar bem para todos os pacientes — pacientes como aqueles que eu posso vir a atender algum dia, se eu conseguir aumentar minha nota de álgebra e entrar na faculdade de medicina —, a enfermeira puxou uma cortina e lá estava a minha mãe, acordada e com cara de susto.

Quando reparei na agulha no braço dela, vi por que ela estava tão assustada. Tinham colocado uma intravenosa nela!!!!!!!!!!!!

"AI MEU DEUS!!!", gritei para a enfermeira. Só que a gente nunca deve gritar no pronto-socorro, porque tem um monte de gente doente lá. "Se ela está tão bem assim, para que ISSO???"

"É só para que ela fique hidratada", a enfermeira respondeu. "Sua mãe vai ficar bem. Diga a eles que você vai ficar bem, sra. Thermopolis."

"Não me venha com essa de *senhora*", minha mãe rosnou.

E daí eu vi que ela ia ficar bem mesmo.

Eu me joguei em cima dela e dei o maior abraço que consegui, levando em conta a intravenosa e o fato de o sr. G também estar abraçando ela.

"Está tudo bem, está tudo bem", minha mãe disse, dando tapinhas carinhosos na cabeça de nós dois. "Não vamos transformar isto em uma confusão maior do que já é."

"Mas isto É uma confusão", falei, sentindo lágrimas escorrerem pelo meu rosto. "Porque é muito desconcertante receber uma ligação do capitão Pete Logan no meio da aula de francês, falando que a sua mãe está sendo levada para o hospital."

"Não, não é não", minha mãe disse. "Está tudo bem comigo. Está tudo bem com o bebê. E assim que este frasco aqui acabar de pingar para dentro de mim, eu vou poder ir para casa." Ela olhou feio para a enfermeira: "CERTO?"

"É sim, moça", a enfermeira respondeu e fechou a cortina para que nós quatro — minha mãe, o sr. G, eu e o meu guarda-costas — pudéssemos ter uma certa privacidade.

"Você precisa tomar mais cuidado, mãe", aconselhei. "Você não pode se acabar deste jeito."

"Eu não estou acabada", mamãe respondeu. "É aquela porcaria de sopa de macarrão e porco assado que comi no almoço..."

"Do Number One Noodle Son?", gritei, horrorizada. "Mãe, você não fez isso! Tem, tipo, um milhão de gramas de sódio naquilo! Não é para menos que você tenha desmaiado! Só o Ajinomoto..."

"Tenho uma idéia, Vossa Majestade", quis sugerir o Lars, com uma voz bem baixinha no meu ouvido. "Por que eu e você não vamos ali do outro lado da rua ver se a gente compra uma vitamina para a sua mãe?"

O Lars sempre fica de cabeça fria no meio de uma crise. Isso sem dúvida tem a ver com o treinamento intensivo que ele recebeu do exército israelense. Ele é atirador de elite de alta classe, com a Glock dele, e também é bom com o lança-chamas. Ou pelo menos foi o que ele me contou um dia.

"É uma boa idéia", respondi. "Mãe, o Lars e eu já voltamos. Vamos buscar uma vitamina gostosa e saudável para você."

"Obrigada", mamãe disse com uma voz fraquinha, mas por algum motivo ela estava olhando mais para o Lars do que para mim. Não há dúvidas que é porque os olhos dela ainda estavam fora de foco por causa da coisa toda de desmaiar e tal.

Só que, quando voltamos com a vitamina, a enfermeira não nos deixou entrar de novo para falar com a minha mãe. Ela disse que só um visitante por hora tinha direito a entrar no pronto-socorro, e que antes ela só tinha feito uma exceção porque nós estávamos parecendo tão preocupados, e ela queria que a gente visse por nós mesmos que a minha mãe estava bem, e eu sou a princesa da Genovia e tudo o mais.

Ela levou a vitamina que eu e o Lars tínhamos comprado e prometeu dar à minha mãe.

Então, agora eu e o Lars estamos sentados nas cadeiras de plástico duro cor de laranja da sala de espera. Vamos ficar aqui até darem alta para a minha mãe. Eu já liguei para Grandmère e cancelei minha aula de princesa de hoje. E vou dizer, Grandmère não ficou muito preocupada, depois que eu disse que a minha mãe ia ficar bem. Pelo tom da voz dela, dava para achar que tinha parentes que desmaiavam no supermercado Grand Union todos os dias. A reação do meu pai frente à notícia foi bem mais gratificante. Ele ficou TODO preocupadíssimo e quis mandar vir o médico real da Genovia, de avião, para assegurar-se de que o batimento cardíaco do bebê estava regular e que a gravidez não estava forçando demais o organismo reconhecidamente extenuado de 36 anos da minha mãe...

AI MEU DEUS!!!!!!!!!! Você nunca vai adivinhar quem acabou de entrar no pronto-socorro. MEU consorte real, futuro VM Michael Moscovitz Renaldo.

Depois escrevo mais.

Terça, 6 de maio, no sótão

O Michael é TÃO fofo!!!!!!!!! Assim que terminou o horário de aula, ele foi correndo para o hospital para se assegurar de que a minha mãe estava bem. Ele descobriu o que tinha acontecido pelo meu pai. Dá para IMAGINAR???? Ficou tão preocupado quando a Tina disse que eu tinha saído correndo da aula de francês, ele ligou para O MEU PAI, já que ninguém atendia ao telefone no sótão.

Quantos garotos ligam para o pai da namorada por iniciativa própria? Hein? Nenhum que eu conheço. Especialmente quando o pai da namorada por acaso é um PRÍNCIPE coroado, tipo o meu. A maior parte dos garotos teria medo demais de ligar para o pai da namorada em uma situação dessas.

Mas não o *meu* namorado.

Pena que ele continue achando a festa de formatura uma babaquice. Mas tanto faz. Quando a mãe da gente, grávida, desmaia na seção refrigerada do supermercado Grand Union, a gente meio que coloca as coisas em perspectiva.

E agora eu sei disto, e por mais que eu adorasse poder ir, a festa de formatura não é assim tão importante. O que é importante é a família ficar junta, e estar com as pessoas que a gente ama de verdade, e ser abençoada com boa saúde, e...

Ai meu Deus, do que é que eu estou falando? É CLARO que eu continuo querendo ir à festa de formatura. É CLARO que ainda estou morrendo por dentro porque o Michael se recusa até a considerar a IDÉIA de ir.

Eu abordei o assunto bem ali na sala de espera do pronto-socorro do St. Vincent. Fui ajudada, claro, pelo fato de haver uma TV na sala de espera, e de a TV estar ligada na CNN, e de a CNN estar passando uma reportagem sobre festas de formatura e a tendência de fazer festas independentes em muitas escolas de ensino médio urbanas — sabe como é, uma festa para os garotos brancos, que dançam ao som de Eminem, e uma para os alunos afro-americanos, que gostam de ouvir Ashanti.

Só que, na Albert Einstein, só tem uma festa de formatura, porque a minha escola promove a diversidade cultural e toca *tanto* Eminem *quanto* Ashanti nos eventos que promove.

Então, como a gente ainda estava esperando a minha mãe acabar de tomar o soro dela, e nós três só estávamos lá esperando — eu, o Michael e o Lars — assistindo à TV e à ambulância que de vez em quando chegava, trazendo mais um paciente para o pronto-socorro, eu virei para o Michael e disse assim: "Falando sério. Isso aí não parece legal?"

O Michael, que estava olhando a ambulância, e não a TV, disse: "Ver alguém abrindo o seu peito com um afastador de costelas no meio da 7ª Avenida? Acho que não."

"Não", respondi. "Na TV. Você sabe. A festa de formatura."

O Michael olhou para a TV, para todos aqueles alunos dançando com roupas formais, e disse: "Não."

"Tá, mas, é sério. Pense sobre o assunto. Pode ser legal. Sabe como é. Ir lá para tirar um sarro deles." Essa não era exatamente a minha idéia de uma noite perfeita na festa de formatura, mas era melhor do que nada. "E você nem precisa usar smoking, sabe como é. Tipo, não tem nenhuma regra que obrigue a isso. Você pode simplesmente colocar um terno. Ou nem isso. Você pode colocar uma calça jeans e uma daquelas camisetas que se *parecem* com um smoking."

O Michael olhou para mim como se achasse que eu tinha jogado um globo em cima da minha cabeça.

"Sabe o que seria ainda mais divertido?", perguntou ele. "*Jogar boliche.*"

Eu soltei um suspiro enorme. Era meio difícil ter aquela conversa intensamente pessoal ali na sala de espera do pronto-socorro do St. Vincent, porque não só o meu guarda-costas estava sentado BEM ALI, como também toda aquela gente doente, sendo que algumas estavam tossindo EXTREMAMENTE alto na minha orelha.

Mas eu tentei me lembrar do fato de que sou uma curandeira talentosa e deveria ser tolerante em relação a germes nojentos.

"Mas, Michael", insisti. "Falando sério. A gente pode ir jogar boliche qualquer noite. E a gente sempre joga. Não seria mais legal, só uma vez, se vestir bem e sair para dançar?"

"Você quer sair para dançar?", o Michael se aprumou na cadeira. "A gente pode sair para dançar. A gente pode ir ao Rainbow Room se você quiser. Meus pais sempre vão lá no aniversário de casamento deles e tal. Parece que é bem legal. Tem música ao vivo, jazz de antigamente bom de verdade, e..."

"É", cortei. "Eu sei. Tenho certeza de que o Rainbow Room é bem legal. Mas estou falando que seria legal sair para dançar com GENTE DA NOSSA IDADE, você não acha?"

"Tipo, da escola?" Michael estava com expressão cética. "Acho que sim. Quer dizer, se, tipo, o Trevor e o Felix e o Paul fossem também..." Esses são os caras da banda dele. "Mas você sabe, eles não iriam nem mortos a uma babaquice como a festa de formatura."

AI MEU DEUS. É EXTREMAMENTE difícil ter um parceiro que é músico. O Michael só faz o que a banda inteira dele faz.

Eu sei que o Michael e o Trevor e o Felix e o Paul são legais e tal, mas eu ainda não consegui ver qual é essa babaquice tão grande que a festa de formatura representa. Quer dizer, a gente até elege a rainha e o rei da festa. Em que outra função social é possível eleger monarcas para comandar os acontecimentos? Acorda, o que você acha de nenhum?

Mas, tudo bem. Não vou permitir que a recusa de Michael de agir como um menino típico de 17 anos atrapalhe o meu prazer desta noite. Sabe como é, a união familiar que minha mãe, o sr. G e eu estamos vivendo hoje. Estamos todos nos divertindo, assistindo a *Bichos de estimação milagrosos*. Uma senhora teve um ataque cardíaco e o porquinho de estimação dela andou 30 quilômetros para buscar ajuda.

O Fat Louie não iria nem até a esquina para buscar ajuda para mim. Ou talvez até fosse, mas logo ia se distrair com um pombo e sair correndo, para nunca mais ser visto, enquanto meu corpo apodrecia no chão.

SÍNDROME DE ASPERGER
Redação de Mia Thermopolis

A condição conhecida como síndrome de Asperger (um tipo de Distúrbio Pervasivo do Desenvolvimento) é marcada pela incapacidade de funcionar de maneira normal nas interações sociais com os outros. (*Espera um pouco... isso aí parece... EU!*)

A pessoa que sofre desta síndrome exibe baixa capacidade de comunicação não-verbal (*aí meu Deus — sou EU!!!!!!!!!*), não consegue estabelecer relacionamentos com outras crianças da mesma idade (*também sou eu*), não reage de maneira apropriada em situações sociais (*EU EU EU!!!!!!!*), e é incapaz de expressar prazer com a felicidade dos outros (*espera aí — essa é a Lilly*).

Há maior incidência da síndrome em meninos (*Tudo bem, não sou eu. Nem a Lilly*).

Com freqüência, quem sofre da síndrome de Asperger mostra-se inapto socialmente (*EU*). Quando sua inteligência é testada, no entanto, geralmente fica acima da média (*tudo bem, não sou eu — mas é a Lilly, com certeza*) e geralmente é excelente em campos como ciência, programação de computador e música (*Aí meu Deus! O Michael! Não! O Michael não! Qualquer um menos o Michael!*).

Os sintomas podem incluir:
- Comunicação não-verbal anormal — problemas com conexão do olhar, expressões faciais, posturas corporais ou gestos descontrolados (*EU! E também o Boris!*)

- Incapacidade de desenvolver relacionamentos com outras crianças da mesma idade (*Eu, totalmente. A Lilly também*)
- Ser rotulado pelas outras crianças de "esquisito" ou "monstrinho" (*Isto está me deixando arrepiada!!! A Lana me chama de esquisita quase todo dia!!!*)
- Ausência de resposta a sentimentos sociais ou emocionais (*A LILLY!!!!!!!!*)
- Expressão de prazer em relação à felicidade dos outros geralmente atípica ou notadamente prejudicial (*A LILLY!!!! Ela NUNCA fica feliz por NINGUÉM!!!!!!*)
- Incapacidade de ser flexível em relação a trivialidades como alteração de rotinas específicas ou de rituais (*GRANDMÈRE!!!!!! MEU PAI TAMBÉM!!!!!!! O Lars também. E o sr. G*)
- Ficar contínua ou repetitivamente tamborilando os dedos, retorcendo as mãos, balançando os joelhos ou movimentando todo o corpo (*Bom, isso aí é totalmente o Boris, como qualquer pessoa que já o viu tocando Bartók no violino pode atestar*)
- Interesse ou preocupação obsessiva por assuntos como história do mundo, coleção de pedras ou horários de aviões (*Ou talvez a FESTA DE FORMATURA????????? Será que estar obcecada com a festa de formatura conta? Aí meu Deus, eu tenho síndrome de Asperger! Eu tenho sim, total!!!! Mas espera aí. Se tenho mesmo, a Lilly também tem. Porque ela está obcecada pelo Jangbu Panasa. E o Boris tem obsessão pelo violino dele. E a Tina, por livros românticos. E o Michael, pela banda dele. Aí meu DEUS!!!!!!!! TODOS nós temos síndrome de Asperger!!!!!!!! Isto é terrível. Fico imaginando se a diretora Gupta sabe???????? Espera aí... e se a AEHS for uma escola especial para quem tem síndrome de Asperger? E nenhum de nós sabe disso? Não sabia até agora, quer dizer. Vou botar*)

a boca no trombone! Vou virar militante! Mia Thermopolis, abrindo caminho para quem sofre com a síndrome de Asperger em todo lugar!)

- Preocupação ou atenção obsessiva a partes de objetos (*Não sei o que isso quer dizer, mas pareço EU!!!!!!!!*) e não ao todo
- Comportamentos repetitivos, geralmente de natureza autoprejudicial (*O BORIS!!!!!!! Que joga globos na cabeça!!!!!!!!! Mas espera aí, ele só fez isso uma vez...*)

Sintomas que não se enquadram na síndrome de Asperger:
- Nenhuma indicação de retardamento na linguagem (*Dã. Todos nós somos excelentes em conversa*) nem de retardamento na curiosidade típica de cada idade (*Fala sério. Quer dizer, já pegaram nos peitos da Lilly e ela só está no primeiro ano*)
- Identificada em 1944 como "psicopatia autista", por Hans Asperger, a causa deste distúrbio é até hoje desconhecida. A síndrome de Asperger pode ter possíveis relações com o autismo. No momento não existe cura conhecida para a doença e, de fato, alguns pacientes não consideram o fato de ter a doença como prejudicial a sua vida.

Para eliminar outras causas, são feitas avaliações físicas, emocionais e mentais com pessoas com suspeita de síndrome de Asperger. (*A Lilly, o Michael, o Boris, a Tina e eu, TODOS precisamos fazer esses testes!!!!! Ai meu Deus, a gente teve síndrome de Asperger este tempo todo e nunca soube!!!! Fico imaginando se o sr. Wheeton já sabia disso, e por isso ele me deu esta doença!!!!! Que coisa mais esquisita...*)

Terça, 6 de maio, no sótão

Acabei de entrar no quarto da minha mãe (o sr. G saiu para fazer uma compra de emergência e garantir que haverá mais sorvete Häagen-Dazs para ela) e pedi a ela que me contasse a verdade a respeito da minha situação mental.

"Mãe", comecei. "Sou ou não sou paciente de síndrome de Asperger?"

Minha mãe estava tentando assistir a um monte de episódios de *Charmed* que ela tinha gravado. Ela diz que *Charmed* é, na verdade, um seriado muito feminista, porque retrata mulheres jovens que lutam contra o mal sem a ajuda de homens, mas eu reparei que a) elas geralmente lutam contra eles usando frente-única; e b) minha mãe se interessa mais pelos episódios em que os homens aparecem sem camisa.

Mas tanto faz. De qualquer modo, a resposta que ela me deu foi muito mal-humorada.

"Pelo amor de Deus, Mia", exclamou. "Você está fazendo outra redação para Saúde e Segurança?"

"Estou", respondi. "E ficou bem claro para mim que você esconde de todo mundo o fato de eu sofrer de síndrome de Asperger e que, na verdade, você me matriculou em uma escola especial para gente que tem essa doença. E você precisa parar de mentir para mim agora mesmo!"

Ela só ficou olhando para mim e mandou: "Você está tentando me dizer, a sério, que não se lembra do mês passado, quando você estava certa de que tinha síndrome de Tourette?"

Reclamei que desta vez era totalmente diferente. A síndrome de Tourette é um distúrbio caracterizado por múltiplos tiques motores e vocais que começam antes dos 18 anos, e quando estávamos estudando isso na aula, meu uso constante de palavras como *tipo* e *totalmente* parecia totalmente característico da doença.

E por acaso é minha culpa que cada vez que a palavra é articulada, isso é acompanhado por movimentos involuntários do corpo, e daí vêm me dizer que eu aparentemente não sofro disso?

"Você está tentando dizer", eu quis saber, "que eu não tenho síndrome de Asperger?"

"Mia", assegurou minha mãe. "Você é 100% livre de síndrome de Asperger, eu garanto."

Só que não dava para acreditar, depois de tudo que eu tinha lido.

"Tem CERTEZA?", perguntei. "E a Lilly?"

Minha mãe soltou uma gargalhada. "Bom, eu não chegaria ao ponto de dizer que a Lilly é normal. Mas eu duvido muito que ela sofra de síndrome de Asperger."

Droga! Bem que eu gostaria que ela tivesse a doença. Porque, daí, quem sabe eu pudesse perdoá-la. Por ter me chamado de fraca, quer dizer.

Mas, como ela não é doente, não tem desculpa para o jeito com que me tratou.

Preciso reconhecer, estou um pouco triste por não ter síndrome de Asperger. Porque agora a minha obsessão pela festa de formatura não passa disso: minha obsessão pela festa de formatura. E não um sintoma de um distúrbio sobre o qual eu não tenho controle.

Que azar!

Quarta, 7 de maio, 3h30

Agora eu me liguei no que vou ter que fazer. Quer dizer, acho que sempre soube, e apenas estava bloqueando a idéia. O que não é surpresa nenhuma, já que todas as fibras do meu corpo gritam para que eu não faça isso.

Mas, falando sério, que outra escolha eu tenho? Foi o próprio Michael que disse: ele iria à festa de formatura se os caras da banda dele também fossem.

Ai meu Deus, não dá para acreditar que cheguei a este ponto. Minha vida está MESMO indo pelo cano, já que eu tenho que me rebaixar tanto.

Agora é que eu nunca mais vou conseguir dormir. Eu simplesmente sei disso. Estou aterrorizada.

O ÁTOMO

O jornal oficial dos alunos da Albert Einstein High School
Torça pelos Leões da AEHS

Semana de 12 de maio   *Volume 45/Edição 18*

Aviso a todos os alunos:

Como nas próximas semanas começam as provas finais, a diretoria da escola gostaria de repassar o estatuto da missão e as crenças da AEHS:

Estatuto da missão

A missão da Albert Einstein High School é fornecer aos alunos experiências de aprendizado que sejam tecnologicamente relevantes, globalmente orientadas e pessoalmente desafiadoras.

Crenças

1. A escola deve fornecer currículo variado, que inclua forte programa acadêmico, complementado por diversas matérias optativas.

2. O programa extracurricular com forte embasamento e diversidade é complemento essencial ao programa acadêmico, na medida em que ajuda os alunos a explorar uma ampla gama de interesses e habilidades.

3. Os alunos devem ser incentivados a desenvolver comportamento sensato e a ser responsáveis por suas ações.

4. Tolerância e compreensão de culturas e de pontos de vista diferentes devem ser incentivadas o tempo todo.

5. Cola ou plágio não serão admitidos de maneira alguma e podem levar a suspensão ou expulsão.

A diretoria gostaria de informar aos alunos que, durante o próximo período de provas, o item nº 5 será observado com muita atenção. O aviso está dado.

Acidente no Les Hautes Manger
Por Mia Thermopolis

Por ter recebido o pedido deste jornal para fornecer um relato a respeito do que aconteceu na semana passada no restaurante Les Hautes Manger, quando esta repórter estava presente, é preciso observar que a coisa toda foi culpa da avó desta repórter, que levou o cachorro dela para dentro do restaurante sem ninguém saber, e que foi quando ele escapou em momento nada propício que o auxiliar de garçom Jangbu Panasa derrubou uma bandeja cheia de sopa sobre a pessoa da princesa viúva da Genovia.

A subseqüente demissão de Jangbu Panasa foi tanto injusta quanto possivelmente inconstitucional — embora esta repórter não tenha certeza, devido a sua falta de conhecimento a respeito da Constituição. Esta repórter acredita que o sr. Panasa deveria receber seu emprego de volta.

Fim.

Editorial:

Apesar de não ser a política deste jornal publicar textos anônimos, o poema a seguir resume tão bem o que muitos de nós sentem nesta época do ano que decidimos incluí-lo nesta edição mesmo assim — a editora.

Febre de Primavera
Autor anônimo

Escapando na hora do almoço...
Salada de taco, do tipo que tem carne, e a Deusa Verde vestindo Deus, por que fazem isso com a gente?
Descobrimos que o Central Park acena...
Grama verde e os narcisos rompendo a barreira de uma camada de pontas de cigarro e latas de refrigerante amassadas.
Então nós nos arriscamos
Será que nos viram? Acho que não. Será que receberemos suspensão escolar por um crime grave? Acho que tudo é possível. Vamos nos sentar no banco e pegar um bronzeado...
E daí descobrimos, para nosso desgosto, que esquecemos os óculos escuros no armário da escola...

É favor observar: Esta diretoria tem como política suspender qualquer e todo aluno que abandone a área da escola durante o período letivo, por QUALQUER RAZÃO. A febre da primavera não é desculpa para transgredir esta determinação da escola.

Aluno ferido por globo
Por Melanie Greenbaum

Um aluno da AEHS sofreu um ferimento em sala de aula ontem, causado por um grande globo que caiu e/ou foi largado em cima da cabeça dele. Se o caso foi o segundo, a repórter sente que é necessário fazer a seguinte pergunta: Onde estava o supervisor adulto no momento em que o citado globo foi largado? E se o caso foi o primeiro, como é que a diretoria permite que objetos perigosos como globos sejam colocados em altura da qual possam cair e ferir os alunos? Esta repórter exige uma investigação aprofundada sobre o caso.

Cartas ao editor:

A quem possa interessar:
O mal-estar evidenciado pelo corpo estudantil deste estabelecimento é uma vergonha pessoal para mim e uma desgraça para nossa geração. Enquanto os alunos da Albert Einstein High School não fazem nada, planejando a festa de formatura do último ano e choramingando por causa das provas finais, tem gente no Nepal que está MORRENDO. Isso mesmo, MORRENDO. Levantes maoístas no Nepal se intensificaram nos últimos anos, e choques entre os rebeldes e os militares são constantes, fazendo com que seja impossível para muitos nepaleses ganhar o seu sustento.

Mas o que é que o nosso governo faz para ajudar aos famintos do Nepal? Nada além de aconselhar os turistas a não visitar o país. Gente, os nepaleses ganham seu *sustento* com os turistas que vão até lá para escalar o monte Everest. Por favor, não ouça os avisos do governo que orientam a evitar o Nepal. Incentive os seus pais a deixar que você passe as férias lá no próximo verão — você ficará feliz por fazer isto.
— Lilly Moscovitz

CLASSIFICADOS
Publique o seu anúncio!
Alunos da AEHS pagam 50 centavos a linha

É só alegria
De CF para GD: SIM!!!!!!!!!!!!!

JR, estou TÃO animada com a festa de formatura que nem consigo AGÜENTAR, a gente vai se DIVERTIR DEMAIS. Sinto TANTA PENA das rejeitadas que não vão à festa de formatura... Coitadinhas delas, não é mesmo? Vão ficar em casa vendo TV enquanto você e eu DANÇAMOS A NOITE INTEIRA! Eu te amo DEMAAAAAAAAIS. — LW

LW, eu sinto a mesma coisa, querida. — JR

Vá à Ho's Deli para comprar tudo de que precisa! Novidades da semana: CLIPES PARA PAPEL, FITA ADESIVA. Tem também cards Yu-Gi-Oh! E milk-shake emagrecedor.

De BP para LM:
Desculpe pelo que eu fiz, mas quero que você saiba que eu ainda te amo. POR FAVOR, me encontre perto do meu armário depois da aula hoje e deixe que eu exprima toda minha devoção por você. Lilly, você é a minha musa. Sem você, a música deixa de existir. Por favor, não deixe que nosso amor morra desta maneira.

À venda: um baixo de precisão Fender, azul bebê, nunca usado. Com amplificador e vídeos de instrução. Armário nº 345

À procura de amor: menina do 1º, adora romance/livros, procura garoto mais velho c/ mesmo interesse. Tem que ter + de 1,75 m, nada de caras maldosos, só não-fumantes. EU DETESTO ROCK PAULEIRA. E-mail: iluvromance@AEHS.edu

Cardápio da cantina da AEHS
Apurado por Mia Thermopolis

Segunda	Frango Temperado, Sanduíche de Almôndega, Pizza de Pão, Batata, Nugget de Peixe
Terça	Nachos, Pizza Individual, Massa com Frango, Sopa e Sanduíche, Atum no Pão
Quarta	Bife à Italiana, Salgadinhos, Burrito, Salada com Taco, Cachorro-Quente com Broa e Picles
Quinta	Peixe Frito, Bufê de Massas, Frango à Parmeggiana, Bufê Asiático, Milho
Sexta	Pretzel Macio, Asinha de Frango Frita, Queijo-Quente, Feijão, Batata Frita

Quarta, 7 de maio, álgebra

Bom, eu fiz. Não dá para dizer que as coisas correram bem. Na verdade, não correram NADA bem. Mas eu fiz o que tinha que fazer. Ninguém vai poder dizer que eu não fiz TODO O POSSÍVEL para tentar fazer o meu namorado me levar à festa de formatura dele.

Ai meu Deus, mas por que é que tinha de ser a LANA WEINBERGER???? POR QUÊ???? Quer dizer, podia ser QUALQUER OUTRA PESSOA — até a Melanie Greenbaum. Mas não, tinha que ser a Lana. Eu tive que ir lá implorar para a LANA WEINBERGER.

Ai meu Deus, minha pele ainda está toda arrepiada.

E ela também não foi lá muito receptiva à minha oferta. Dava para pensar que eu tinha ido lá pedir a ela para tirar a roupa e cantar o hino da escola no meio do almoço (não, espera aí... a Lana provavelmente não ia se importar de fazer isso).

Cheguei à aula cedo, porque sei que a Lana normalmente gosta de chegar antes do segundo sinal para fazer algumas ligações pelo celular. E lá estava ela, direitinho, a única pessoa na classe, tagarelando com alguém chamada Sandy a respeito do vestido dela para a festa de formatura — ela comprou mesmo o pretinho de um ombro com a barra assimétrica da Nicole Miller (e portanto eu a odeio).

Bom, mas eu cheguei perto dela — o que considero MUITO corajoso da minha parte, considerando que, cada vez que eu apareço no radar da Lana, ela faz algum comentário pessoal maldoso a respeito da minha aparência. Mas tanto faz. Só fiquei lá parada, do lado da carteira dela, enquanto ela matraqueava no telefone, até ela perceber que eu não sairia dali. Daí ela falou assim: "Espera um pouco, Sandy. Tem uma... *pessoa* que quer falar comigo." Daí ela afastou o telefone do rosto, olhou para mim com aqueles olhões azuis de bebê dela, e mandou: "O QUE FOI?"

"Lana", comecei. Estou falando sério, eu já sentei do lado do imperador do Japão, certo? Também apertei a mão do príncipe William. Até fiquei do lado da Imelda Marcos na fila do banheiro na peça *The Producers*.

Mas nenhum desses acontecimentos me deixou mais nervosa do que fico quando a Lana simplesmente olha para mim. Porque é claro que a Lana transformou o ato de me atormentar em um passatempo especial e pessoal para ela. Esse tipo de terror me pega mais fundo do que o medo de conhecer imperadores, príncipes ou mulheres de ditador.

"Lana", repeti, tentando fazer com que a minha voz parasse de tremer. "Preciso pedir uma coisa para você."

"Não", a Lana respondeu, e voltou para o celular.

"Eu ainda nem pedi", gritei.

"Bom, a resposta continua sendo não", Lana disse, jogando o cabelo louro brilhante para o lado. "Então, onde é mesmo que a gente estava? Ah, sim, então, eu vou mesmo colocar *glitter* no corpo inteiro, até no meu... não, *lá* não, Sandy! Como você é *maldosa*."

"É só que..." Eu precisava falar rápido porque é claro que existia uma grande chance de o Michael dar uma passada na sala de álgebra no caminho da aula de inglês aplicado, como faz quase todo dia. Eu não queria que ele soubesse o que eu estava armando. "Eu sei que você está no comitê da festa de formatura, e acho de verdade que o último ano merece um pouco de música ao vivo na festa, e não só um DJ. É por isso que eu estava pensando que você deveria convidar a Skinner Box para tocar..."

A Lana falou assim: "Espera um pouco, Sandy. A *pessoa* ainda não foi embora." Daí ela olhou para mim através dos cílios carregados no rímel e mandou: "*Skinner Box?* Você está falando daquela banda de CDFs que tocou aquela música ridícula de princesa-do-meu-coração no dia do seu aniversário?"

Eu respondi, toda ofendida: "Desculpa, Lana, mas você não devia falar dos CDFs desse jeito. Se não fossem os CDFs, não existiriam computadores, nem vacinas contra muitas doenças graves, nem antibióticos, nem esse celular em que você está falando..."

"Tá", a Lana disse, seca. "A resposta continua sendo não."

Daí ela voltou a falar no telefone.

Fiquei lá parada durante um minuto, sentindo o sangue subir e deixar meu rosto vermelho. Eu devo mesmo estar progredindo no controle dos meus impulsos, já que eu nem estiquei a mão para arrancar o telefone dela e pisar em cima com meus Doc Martens, como eu teria feito no passado. Como eu era a orgulhosa proprietária de um celular, eu sei como seria completamente odioso alguém fazer isso. Além disso, sabe como é, preciso levar em conta toda a confusão que eu causei da última vez que fiz isso.

Em vez disso, só fiquei lá parada com as bochechas queimando e o coração batendo rápido de verdade e a respiração ofegante e curta. Por mais que eu avance na vida — sabe como é, passar a agir com calma inabalável durante emergências médicas, sagrar pessoas como cavaleiros, quase deixar meu namorado pegar no meu peito —, ainda assim eu nunca vou saber como agir quando estou perto da Lana. Só não sei por que é que ela me odeia tanto. Quer dizer, o que foi que eu FIZ para ela? Nada.

Bom, sem contar aquela coisa de pisotear o celular. Ah, e aquela vez que eu enfiei um sorvete nela. E aquela outra vez que eu fechei o cabelo dela dentro do meu livro de álgebra.

Mas, além disso, nada.

De todo modo, não tive a oportunidade de me ajoelhar e implorar para ela, porque o segundo sinal tocou, e as pessoas começaram a entrar na classe, inclusive o Michael, que veio até mim e me entregou um monte de páginas que tinha imprimido da internet a respeito dos perigos da desidratação nas grávidas — "Para dar para a sua mãe", ele disse e me deu um beijo na bochecha (isso mesmo, na frente de todo mundo: HA!).

Mesmo assim, há sombras sobre a minha alegria exuberante. Uma delas é que eu não obtive sucesso em conseguir que a banda do meu namorado fosse chamada para tocar na festa de formatura, assim fazendo com que fosse mais improvável do que nunca eu viver meu momento de *A garota de rosa-shocking* com o Michael. Outra sombra é que a minha melhor amiga continua sem falar comigo, e eu sem falar com ela, por causa do comportamento psicótico dela e do jeito como trata mal o ex-namorado. E tem ainda mais uma sombra: a minha primeira reportagem de verdade publicada em *O Átomo* é incrivelmente babaca (apesar de eles terem publicado o meu poema: HA! HA! HA! É legal, apesar de ninguém saber que fui eu quem escreveu). Mas não é bem minha culpa por a reportagem ser tão ruim.

Quer dizer, a Leslie mal me deu tempo para inventar alguma coisa que de fato merecesse um prêmio Pulitzer de jornalismo. Eu não sou nenhum gênio da escrita, sabe como é. E também tinha mais um monte de lição de casa para fazer.

Finalmente, a maior sombra de todas é o meu medo de que a minha mãe venha a desmaiar de novo, da próxima vez longe do alcance do capitão Logan e do resto da Companhia de Bombeiros 9, e, é claro, o medo absoluto de que, durante dois meses inteiros no próximo verão, eu deixe para trás esta linda cidade e todo mundo que mora nela para viver nos domínios distantes da Genovia.

Falando sério, se você pensar bem, isso tudo é um pouco demais para uma garota de 15 anos agüentar. É mesmo uma surpresa eu ter conseguido manter o resto de compostura que me sobra, sob essas circunstâncias.

Quando se adiciona ou se subtrai termos que têm as mesmas variáveis, deve-se combinar os coeficientes.

Quarta, 7 de maio, Superdotados e Talentosos

GREVE!!!!!!!!!!!

Acabaram de anunciar na TV. A sra. Hill nos deixou assistir à que está instalada na sala dos professores.

Eu nunca tinha entrado na sala dos professores. Na verdade, não é lá muito legal. Tem umas manchas esquisitas no carpete.

Mas deixa pra lá. O negócio é que o sindicato dos hotéis acabou de se unir aos auxiliares de garçom na greve. Espera-se que o sindicato dos restaurantes faça o mesmo em breve. O que significa que não vai ter empregado nenhum trabalhando nos restaurantes nem nos hotéis de Nova York. Toda a área metropolitana pode ser fechada. Os prejuízos financeiros no setor de turismo e de convenções podem ficar na casa dos bilhões de dólares.

E tudo por causa do Rommel.

Fala sério. Quem diria que um cachorrinho sem pêlo poderia causar tanta confusão?

Para ser justa, a culpa na verdade não é do Rommel. É de Grandmère. Quer dizer, ela nunca devia ter levado um cachorro a um restaurante, em primeiro lugar, mesmo que isso SEJA normal na França.

Foi esquisito ver a Lilly na TV. Quer dizer, eu vejo a Lilly na TV o tempo todo, mas dessa vez foi em uma rede de TV importante — bom, quer dizer, foi na New York One, que não é exatamente nacional nem nada, mas tem mais audiência do que Manhattan Public Access, pelo menos.

Não que a Lilly estivesse comandando a coletiva de imprensa. Não, a entrevista estava sendo conduzida pelos chefes do sindicato de hotéis e do de restaurantes. Mas se a gente olhasse para a esquerda do palco, dava para ver o Jangbu em pé ali, com a Lilly do lado, segurando um cartaz enorme, em que se lia SALÁRIO DIGNO PARA GENTE DIGNA.

Ela se ferrou. Tem uma falta não-justificada. A diretora Gupta vai ligar para os drs. Moscovitz hoje à noite.

O Michael acabou de sacudir a cabeça de desgosto, ao ver a irmã em um canal que não é o 56. Quer dizer, ele está totalmente do lado dos auxiliares de garçom — eles deviam MESMO receber um salário digno, claro. Mas o Michael está completamente decepcionado com a Lilly. Ele diz que é porque o interesse que ela tem pelo bem-estar dos auxiliares de garçom tem mais a ver com o interesse que ela tem pelo Jangbu do que com as dificuldades que os imigrantes passam neste país.

Mas eu meio que preferia que o Michael não tivesse dito nada, porque, sabe como é, o Boris estava sentado bem ali do lado da TV. E ele já parece um tonto com a cabeça enfaixada e tudo o mais. Quando ele achava que ninguém estava olhando, ele levantava a mão e percorria com o dedo o contorno da Lilly na tela da TV. Foi muito comovente, para dizer a verdade. Meus olhos se encheram de lágrimas por um minuto, sem brincadeira.

Mas elas desapareceram quando eu reparei que a TV da sala dos professores tem 40 polegadas, ao passo que todas as TVs da sala de mídia dos alunos têm só 27 polegadas.

Quarta, 7 de maio, no Plaza

É inacreditável. Estou falando supersério. Quando entrei no lobby do hotel hoje, prontinha para a minha aula de princesa com Grandmère, estava totalmente despreparada para o caos com que me parei na porta. O lugar virou um zoológico.

O porteiro com ombreiras douradas que geralmente abre a porta da limusine para mim? Não estava lá.

Os carregadores tão eficientes que empilham as malas de todo mundo naqueles carrinhos de latão? Não estavam lá.

O *concierge* educado do balcão da recepção? Não estava lá.

E nem me fale da fila para o chá da tarde no Palm Court. Estava fora de controle. Porque é claro que não tinha *hostess* nenhuma para dizer às pessoas onde sentar, nem garçons para anotar os pedidos de ninguém.

Foi surpreendente. O Lars e eu praticamente tivemos que lutar para atravessar uma família de 12 pessoas que vinha, sei lá, do Iowa ou de algum estado desses que tinham se empilhado no elevador com um gorila gigante que tinham comprado na FAO Schwartz do outro lado da rua. O pai ficava gritando: "Tem lugar! Tem lugar! Vamos lá, crianças, se apertem."

Afinal, o Lars foi obrigado a mostrar o coldre para o pai e dizer: "Não há lugar. Tome o próximo elevador, por favor", e daí o cara recuou, pálido.

Isso nunca teria acontecido se o ascensorista estivesse ali. Mas, naquela tarde, o sindicato dos carregadores declarou uma greve de solidariedade, e se uniu aos funcionários de hotéis e restaurantes no abandono do trabalho.

Dá para pensar que depois de tudo pelo que tínhamos passado só para chegar à aula de princesa na hora, Grandmère seria um pouco simpática conosco quando entramos pela porta. Mas em vez disso, ela estava parada no meio do quarto, se esgoelando no telefone.

"Como assim, a cozinha está fechada?", ela estava perguntando. "Como é que a cozinha pode estar fechada? Pedi o almoço há horas, e a comida ainda não veio. Não vou desligar até falar com a pessoa responsável pelo serviço de quarto. Ele sabe quem eu sou."

Meu pai estava sentado no sofá, na frente da TV de Grandmère, assistindo a — o que mais? — New York One, com uma expressão tensa no rosto. Sentei-me ao lado dele, e ele olhou para mim, como se estivesse surpreso de me ver ali.

"Ah, Mia", disse. "Oi. Como vai a sua mãe?"

"Está bem", respondi porque, apesar de eu não a ter visto desde o café da manhã, eu sabia que ela devia estar bem, porque ninguém tinha me ligado no celular. "Ela está tomando bastante isotônico. Ela gosta do de uva. O que está acontecendo com a greve?"

Meu pai só sacudiu a cabeça, derrotado. "Os representantes dos sindicatos estão reunidos no gabinete do prefeito. Estão achando que logo deve sair um acordo."

Eu suspirei. "Você percebe, claro, que nada disso teria acontecido se eu nunca tivesse nascido? Porque daí eu não iria comemorar meu aniversário com um jantar."

Meu pai olhou para mim de um jeito meio brusco: "Espero que você não esteja se culpando por isto, Mia."

Eu quase falei: "Você está brincando? Eu culpo Grandmère." Mas pela expressão compadecida no rosto do meu pai, percebi que ele estava abalado por minha causa, então aproveitei e falei com uma voz bem cheia de remorso: "É uma pena que eu vou ter que ficar na Genovia durante a maior parte do verão. Seria legal, sabe como é, se eu pudesse ficar por aqui fazendo trabalho voluntário para uma organização que dê uma força aos coitados dos ajudantes de garçom..."

Só que o meu pai não caiu no truque. Ele simplesmente piscou para mim e disse: "Boa tentativa."

Caramba! Entre ele querer me levar para a Genovia para passar julho e agosto, e a minha mãe se oferecer para me levar ao ginecologista dela, estou mesmo recebendo umas mensagens bem dúbias dos meus pais. É uma incógnita como eu não desenvolvi personalidades múltiplas. Ou síndrome de Asperger. Se é que eu já não sofro disso.

Enquanto eu estava sentada lá, me remoendo por causa da minha falha em não conseguir evitar passar meus preciosos meses de verão na Côte d'Azur, Grandmère começou a fazer sinais para mim do telefone. Ficava estalando os dedos e apontando para a porta do quarto. Eu só fiquei lá sentada, olhando para ela sem entender nada, até que ela finalmente cobriu o bocal com a mão e assobiou por entre os dentes: "Amelia! No meu quarto! Tem uma coisa para você!"

Um presente? Para mim? Eu não conseguia imaginar o que Grandmère poderia ter comprado para mim... quer dizer, a órfã já era presente suficiente para um aniversário. Mas eu é que não ia recusar um presente... pelo menos, desde que isso não significasse pele de algum mamífero sacrificado.

Então eu me levantei e fui até a porta do quarto de Grandmère, bem quando alguém deve ter atendido o telefonema de Grandmère, porque quando girei a maçaneta ela estava berrando: "Mas eu pedi essa salada primavera HÁ QUATRO HORAS. Será que eu preciso descer aí e prepará-la pessoalmente? Como assim, isso seria uma infração à saúde pública? Que público é esse? Quero fazer uma salada para *mim mesma*, não para o público!"

Abri a porta do quarto de Grandmère, quer dizer, o quarto da suíte da cobertura do hotel Plaza, um quarto muito chique, com coisas folheadas a ouro por todos os lados, e flores fresquinhas espalhadas por todos os cantos... apesar de que, com a greve, duvido muito que os arranjos florais vão ser renovados em breve.

Mas, de qualquer jeito, fiquei parada lá, examinando o quarto com os olhos em busca do meu presente e totalmente fazendo uma oração para mim mesma (*Por favor, tomara que não seja uma estola de mink. Por favor, tomara que não seja uma estola de mink*). Meu olhar caiu sobre um vestido estendido em cima da cama. Era da cor da aliança de noivado que a Jennifer Lopez ganhou do Ben Affleck — o rosinha mais suave possível —, todo coberto de cristais cor-de-rosa incrustados. Deixava os ombros à mostra, tinha um decote em forma de coração e uma enorme saia de tule.

Eu logo entendi o que era. E apesar de não ser preto nem ter fenda do lado, mesmo assim era o vestido de festa de formatura mais bonito que eu já vi. Era mais bonito do que o que a Rachel Leigh Cook usava em *Ela é demais*. Era mais bonito do que o que a Drew Barrymore usava em *Nunca fui beijada*. E era muito, muito mais bonito do que o que a Molly Ringwald usava em *A garota de rosa-shocking*. Era até mais bonito do que o vestido que a Annie Potts deu à Molly Ringwald para usar em *A garota de rosa-shocking*, antes de a Molly pirar com a máquina de costura e estragar o negócio inteiro.

Era o vestido de festa de formatura mais bonito que eu já tinha visto na vida.

E enquanto eu fiquei ali parada, olhando para ele, um enorme caroço subiu à minha garganta.

Porque, é claro, eu não ia à festa de formatura.

Então eu fechei a porta e dei meia-volta e voltei a sentar ao lado do meu pai no sofá, que ainda estava olhando para a tela da televisão, transfixado.

Um segundo depois, Grandmère desligou o telefone, virou para mim e quis saber: "E então?"

"É mesmo muito lindo, Grandmère", respondi, com toda sinceridade.

"Eu sei, é lindo", confirmou ela. "Você não vai experimentar?"

Eu tive que engolir bem forte para poder articular qualquer coisa que soasse como a minha voz normal.

"Não dá", respondi. "Eu já disse, não vou à festa de formatura, Grandmère."

"Não diga bobagens", exclamou Grandmère, "O sultão ligou para cancelar nosso jantar hoje à noite — o Le Cirque está fechado —, mas esta greve tola terá terminado até sábado. E daí você pode ir à sua festinha de formatura."

"Não", expliquei, "Não é por causa da greve. É por causa do que eu já disse. Você sabe. Do Michael."

"O que tem o Michael?", meu pai quis saber. Só que eu não gosto de dizer nada negativo sobre o Michael na frente do meu pai, porque ele só está precisando de uma desculpa para odiá-lo, já que ele é pai e é tarefa do pai odiar o namorado da filha. Até agora, o meu pai e o Michael conseguiram se entender, e eu quero que as coisas continuem assim.

"Ah", eu disse, bem desencanada. "Sabe como é. Os meninos não ligam tanto para festa de formatura quanto as meninas."

Meu pai só grunhiu e voltou para a TV. "Com certeza", comentou.

Olha quem fala! Ele estudou em uma escola só para meninos! Ele nem TEVE festa de formatura!

"Apenas experimente", Grandmère insistiu. "Para que eu possa mandar de volta à loja se precisar de ajustes."

"Grandmère", tentei. "Não adianta..."

Mas a minha voz foi ficando baixinha porque Grandmère fez Aquela Cara. Você sabe qual. Aquela que, se Grandmère fosse uma assassina treinada, e não uma princesa viúva, significaria que alguém seria apagado.

Então eu me levantei do sofá e voltei para o quarto de Grandmère e experimentei o vestido. Claro que serviu perfeitamente, porque a Chanel tem todas as minhas medidas do último vestido que Grandmère comprou lá para mim, e Deus me livre se eu crescer ou qualquer coisa assim, principalmente na área peitoral.

Enquanto fiquei lá admirando meu reflexo no espelho de corpo inteiro, não conseguia parar de pensar em como aquela coisa de decote que deixa o ombro de fora era conveniente. Sabe como é, para o caso de o Michael ter vontade de pegar nos meus peitos.

Mas daí eu me lembrei que na verdade a gente não ia a lugar nenhum juntos onde eu teria a oportunidade de usar aquele vestido, já que o Michael tinha descartado a festa de formatura daquele jeito, então aquilo meio que não servia para nada. Tirei o vestido toda triste, e coloquei de novo em cima da cama de Grandmère. Provavelmente vai ter algum programa na Genovia em que eu vou acabar usando o vestido no verão. E o Michael nem vai estar presente para ir comigo. O que é típico dele, mesmo.

Saí do quarto bem a tempo de ver a Lilly na TV. Ela estava falando para uma sala cheia de repórteres no que parecia ser, mais uma vez, o Holiday Inn de Chinatown. Ela falava assim: "Gostaria de dizer que nada disso teria acontecido se a princesa viúva da Genovia admitisse em público sua culpa em não conseguir controlar seu cachorro, e em ter levado o tal cachorro para um estabelecimento de alimentação."

O queixo de Grandmère caiu. Meu pai só ficou olhando, imóvel, para a TV.

"Como prova desta afirmação", Lilly continuou, erguendo um exemplar da edição de hoje de *O Átomo*, "apresento este editorial escrito pela própria neta da princesa viúva."

E daí fiquei ouvindo, horrorizada, quando a Lilly, com uma voz toda cantada, leu meu artigo em voz alta. E devo dizer, ouvir as minhas próprias palavras jogadas na minha cara daquele jeito me fez perceber o quão ridículas elas eram... muito mais do que, digamos, ouvi-las dentro da minha cabeça, na minha própria voz.

Ops. Meu pai e Grandmère estão olhando para mim. Eles não parecem nada contentes. Na verdade, parecem meio...

Quarta, 7 de maio, 22h, no sótão

Não sei por que é que ficaram tão aborrecidos. É obrigação do jornalista retratar a verdade, e foi o que eu fiz. Se eles não agüentam o tranco, precisam os dois se segurar melhor. Quer dizer, Grandmère levou MESMO o cachorro dela ao restaurante, e o Jangbu só tropeçou MESMO porque o Rommel saiu correndo na frente dele. Ninguém pode negar. Eles podem desejar que isso nunca tivesse acontecido e que a Leslie Cho não tivesse me pedido para escrever um editorial sobre aquilo.

Mas não podem negar e não podem me culpar por exercer meus direitos jornalísticos. Isso sem falar na minha integridade jornalística.

Agora eu sei o que os grandes repórteres que vieram antes de mim devem ter sentido. Ernie Pyle, pelas reportagens nuas e cruas durante a Segunda Guerra Mundial. Ethel Payne, a primeira-dama da imprensa negra durante o movimento dos direitos civis. Margaret Higgins, a primeira mulher a ganhar um prêmio Pulitzer por reportagem individual. Lois Lane, por seus esforços incansáveis em nome do *Planeta Diário*. Aqueles caras Woodward e Bernstein, por toda a coisa do Watergate, seja lá o que aquilo tenha sido.

Agora eu sei exatamente como eles devem ter se sentido. A pressão. As ameaças de castigo. As ligações telefônicas para a mãe deles.

E essa foi a parte que mais me magoou, mesmo. O fato de eles irem incomodar a coitada da minha mãe desidratada, que estava ocupada tentando colocar uma NOVA VIDA no mundo. Só Deus sabe que os rins dela agora provavelmente estão chacoalhando dentro do corpo como pacotes de substância desumidificante. E eles têm a coragem de ficar enchendo ela com uma trivialidade destas?

Além disso, minha mãe está totalmente do meu lado. Não sei o que é que o meu pai estava pensando. Será que ele achou mesmo que a minha mãe ficaria do lado de GRANDMÈRE nesta situação?

Mas eu preciso lembrar que minha mãe disse que eu deveria garantir a paz na família, então eu deveria pelo menos pedir desculpa.

Mas eu não vejo por quê. Esta coisa toda não resultou em nada além de mágoa para mim. Não só causou o fim do namoro de um dos casais mais duradouros da AEHS, como também fez com que eu brigasse, aparentemente para sempre, com a minha melhor amiga. Eu perdi a MINHA MELHOR AMIGA por causa disso.

Informei tanto meu pai quanto Grandmère a respeito de tudo isso logo antes de a segunda mandar o Lars me tirar da frente da vista dela. Por sorte, tive a presença de espírito de pegar o vestido de formatura do quarto de Grandmère e enfiá-lo na minha mochila antes de tudo isso acontecer. Só ficou um pouco amassado. É só deixar ele pegar um pouco de vapor no banheiro e vai ficar novinho em folha.

Só que eu fico pensando que eles poderiam ter tratado da coisa toda de um jeito mais adequado. Eles PODERIAM ter convocado uma coletiva de imprensa para eles mesmos, esclarecido aquele história do cachorro-no-restaurante e colocado um ponto final em tudo.

Mas não. E agora é tarde demais. Até mesmo se Grandmère resolver esclarecer tudo, é altamente improvável que o sindicato dos hotéis, o dos restaurantes e o dos carregadores resolvam recuar AGORA.

Bom, acho que é só mais um caso de gente que se recusa a escutar a voz da juventude. E agora eles simplesmente vão ter que sofrer.

Que pena.

Quinta, 8 de maio, sala de presença

AI MEU DEUS!!!!!!!!!!!!!!!!! CANCELARAM A FESTA DE FORMATURA!!!!!!!!!!!!!!!!!!

O ÁTOMO

O jornal oficial dos alunos da Albert Einstein High School
Torça pelos Leões da AEHS

Edição Suplementar Especial

FESTA DE FORMATURA CANCELADA

Por Leslie Cho

Devido à greve do sindicato dos hotéis, dos restaurantes e dos carregadores que atingiu toda a cidade, a festa de formatura do último ano deste sábado foi cancelada. O restaurante Maxim notificou representantes da escola que, devido à greve, eles fechariam a portas, a partir daquele momento. O depósito de US$ 4 mil feito pelo comitê da festa de formatura foi devolvido. Ao atual último ano não sobrou alternativa além de realizar a festa de formatura no ginásio da escola, o que foi considerado pelos membros do comitê mas logo descartado.

"A festa de formatura é especial", disse a presidente do comitê da festa de formatura, Lana Weinberger. "Não é mais um baile da escola. Não dá para fazer no ginásio, como se fosse apenas mais uma festa Inominável de Inverno ou da Diversidade Cultural. Preferimos não fazer festa de formatura a realizar uma em que vamos ficar pisando em cima de batatinhas fritas ou qualquer outra coisa assim."

Mas nem todo mundo na escola concorda com a decisão controversa do comitê da festa de formatura. Ao ouvir os comentários de Lana Weinberger, a aluna do último ano Judith

Gershner afirmou: "Esperamos nossa festa de formatura desde o primeiro ano. Vê-la sendo tirada de nós agora, por causa de uma coisa tão tonta quanto batata frita no chão, me parece um pouco mesquinho. Prefiro andar pela festa de formatura com um monte de batatas fritas presas ao salto a não ter festa."

O comitê da festa de formatura continua inabalável, no entanto: ou faz a festa de formatura fora da escola ou não faz.

"Não há nada de especial em se arrumar toda e vir para a escola", comentou Lana Weinberger, aluna do primeiro ano. "Se vamos vestir a melhor roupa que temos, então vamos querer ir a algum lugar diferente do que aquele para o qual nos dirigimos todas as manhãs", declarou ela.

A causa da greve, como foi resumida na versão desta semana de *O Átomo*, ainda parece ser um incidente que ocorreu no restaurante Les Hautes Manger, onde a aluna do primeiro ano da AEHS e princesa da Genovia, Mia Thermopolis, jantou na semana passada com a avó. Segundo Lilly Moscovitz, amiga da princesa e presidente da Associação de Alunos Contra a Demissão Injusta de Jangbu Panasa, "é tudo culpa da Mia. Ou, pelo menos, da avó dela. Só queremos que Jangbu tenha seu emprego de volta, e uma desculpa formal de Clarisse Renaldo. Ah, e férias e folgas remuneradas, além de seguro-saúde, para os auxiliares de garçom de toda a cidade".

Quando esta edição foi para a gráfica, a princesa Mia estava indisponível para fazer comentários, por estar, de acordo com a mãe dela, Helen Thermopolis, tomando banho.

Nós de *O Átomo* faremos o possível para mantê-los informados a respeito dos avanços das negociações da greve.

Ai meu Deus. OBRIGADA, MÃE. OBRIGADA POR ME DIZER QUE O JORNAL DA ESCOLA TINHA LIGADO ENQUANTO EU ESTAVA NO BANHO.

Você tinha que VER os olhares tortos que eu recebi hoje de manhã quando me dirigi para o meu armário. Graças a Deus que eu tenho um guarda-costas armado, senão poderia estar metida em sérios problemas. Algumas daquelas meninas do time principal de lacrosse

— aquelas que fumam e fazem flexões no chão do banheiro feminino do terceiro andar — fizeram gestos EXTREMAMENTE ameaçadores para mim quando saí da limusine. Alguém até chegou a escrever no Joe, o leão de pedra (com giz, mas mesmo assim...): A GENOVIA É UM SACO.

A GENOVIA É UM SACO!!!!!!!!! A reputação do meu principado está sendo manchada, e tudo por causa da porcaria de um baile cancelado.

Ah tá, tudo bem. Eu sei que a festa de formatura não é uma porcaria. É uma parte vital, importantíssima da experiência do ensino médio, como a Molly Ringwald pode confirmar sem pestanejar.

E, ainda assim, por causa de mim, vai ser arrancada do coração e do livro de recordações dos alunos que estão se formando na AEHS neste ano.

Eu PRECISO fazer alguma coisa. Mas o quê???? O QUÊ????

Quinta, 8 de maio, Álgebra

Não dá para acreditar no que a Lana acabou de me dizer.

Lana: (virando-se na cadeira dela e olhando diretamente para mim)
Você fez isto de propósito, não fez? Você causou esta greve e fez com que a festa de formatura fosse cancelada.

Eu: O quê? Não. Do que é que você está falando?

Lana: Pode confessar. Você fez isto só porque eu não deixei a porcaria da banda do seu namorado ir lá e fazer o maior papelão. Pode confessar.

Eu: Não! Não tem nada a ver. E nem fui eu. Foi a minha avó.

Lana: Tanto faz. Vocês genovianos são todos iguais.

Daí ela virou para a frente de novo antes que eu pudesse dizer mais alguma coisa.

Vocês genovianos? Hmm, dá licença, mas eu sou a única genoviana que a Lana conhece. Ela tem mesmo muita coragem...

Quinta, 8 de maio, Biologia

Mia, está tudo bem com você? — S

Ah, tudo bem. Foi só um resto de maçã.

Mesmo assim. Foi superlegal o jeito como o Lars bateu naquele cara. O seu guarda-costas tem mesmo bons reflexos.

Ah, tá, tudo bem. Foi por isso que ele conseguiu o emprego. Então, como é que você está falando comigo? Você também não me odeia? Quer dizer, afinal de contas, você e o Jeff também iam à festa de formatura.

Bom, não é SUA culpa que a festa tenha sido cancelada. Além disso, eu não ia ter me divertido tanto assim, de qualquer jeito. Quer dizer, a única outra menina da classe que ia estar lá ia ser a LANA!!!!!!!!! Aliás, você soube da Tina?

Não. O que foi?

Ontem, quando o Boris estava esperando pela Lilly na frente do armário dele — você sabe que ele colocou aquele anúncio no jornal e tal, pedindo a ela para encontrá-lo lá depois da aula para eles conversarem —, bom, a Tina resolveu ir lá falar com ele, sabe como é, convidá-lo para tomar um sorte de chocolate no Serendipity, porque estava morrendo de pena dele e tudo o mais. Bom, acho que ele finalmente desistiu de ficar esperando a Lilly, porque disse que sim e os dois foram lá e, hoje de manhã, juro que vi os dois de mãos dadas na frente da escultura de isopor do Paternon na frente do laboratório de línguas.

ESPERA AÍ. O QUÊ? VOCÊ VIU A TINA E O BORIS DE MÃOS DADAS. A TINA E O BORIS. A TINA e o *BORIS PELKOWSKI????*

Vi.

A Tina. A Tina Hakim Baba. E o Boris Pelkowski. A TINA E O BORIS?????????

ISSO MESMO!!!!!!!!!!

Ai meu Deus. O que está acontecendo com o mundo em que vivemos?

Quinta, 8 de maio, escada do terceiro andar

Assim que saímos da aula de biologia, a Shameeka e eu pegamos a Tina e a forçamos a confirmar aquela história de andar de mãos dadas com o Boris. Estou cabulando Saúde e Segurança, mas e daí? Eu só ia ficar lá sentada, com todo mundo olhando para mim cheio de hostilidade, sendo que uma das pessoas presentes seria a minha ex-melhor amiga Lilly Moscovitz, com quem não tenho absolutamente desejo nenhum de conversar.

Além disso, eu precisava entregar a minha redação sobre a síndrome de Asperger, e eu não tive exatamente oportunidade de terminá-la, devido aos severos problemas emocionais por que estou passando agora e pela recusa do meu namorado de me levar à festa de formatura e todo aquele negócio de greve e tudo o mais.

Não dá para acreditar nas coisas que estão saindo da boca da Tina. Ela está dizendo que passou a vida toda procurando um homem que a amasse como os heróis dos livros românticos que ela tanto gosta de ler amam as heroínas. Que nunca achou que algum dia fosse conhecer um homem que pudesse amar uma mulher com a intensidade dos heróis que ela mais admira, como o sr. Rochester e o Heathcliff e o coronel Brandon e o sr. Darcy e o Homem-Aranha e todos mais.

Daí ela disse que, quando viu o Boris desmoronar depois que a Lilly o trocou pelo Jangbu Panasa, ela percebeu que, entre todos os meninos que ela conhece, ele é o único que parece estar próximo de se encaixar na descrição que ela faz do namorado perfeito. Tirando, é claro, a coisa toda do visual. Mas, fora isso, ele é tudo que a Tina sempre procurou em um namorado:

- Fiel
  (Bom, isso nem precisa dizer. O Boris nunca mais OLHOU para outra menina desde que começou a sair com a Lilly.)
- Passional
  (Hmm, acho que aquela história toda ao globo provou que o Boris é mesmo profundamente passional. Ou que tem síndrome de Asperger.)
- Inteligente
  (A média dele é 10.)
- Musical
  (Como eu mesma posso testemunhar, prontamente.)
- Ligado em cultura pop
  (Ele assiste a *Smallville*.)
- Amante de comida chinesa
  (Também é verdade.)
- Absolutamente desinteressado por esportes competitivos
  (Tirando patinação artística. Bom, ele *é* russo.)

Além disso, a Tina disse que ele beija muito bem depois que tira o aparelho.

BEIJA MUITO BEM DEPOIS QUE TIRA O APARELHO.

Você sabe o que isso quer dizer, não sabe? QUER DIZER QUE A TINA E O BORIS SE BEIJARAM! Como é que ela poderia saber se não tivesse beijado????????

Ai meu Deus. Estou completamente engasgada. Eu gosto do Boris — gosto mesmo. Quer dizer, tirando o fato de que ele é COMPLETAMENTE MALUCO, acho que ele é um cara legal de verdade. Ele é sensível e engraçado e, se você conseguir esquecer o inalador de asma e a respiração pela boca e o violino que ele não pára de tocar e aquele negócio do suéter, tá, tudo bem, ele é PASSÁVEL.

Quer dizer, pelo menos ele é mais alto do que a Tina.

MAS, AI MEU DEUS!!!!!!!!!!!!! O BORIS PELKOWSKI É O SR. ROCHESTER DA TINA???? NÃO, NÃO, NÃO E NÃO, MIL VEZES NÃO!!!!!!!!!!!!!!!!!!!!!!!

Mas a Shameeka acabou de comentar comigo (enquanto a Tina estava checando os torpedos dela) que o Boris não precisa ser o sr. Rochester para toda a eternidade. Ele pode ser simplesmente o sr. Rochester dela agora, sabe como é. Até que o verdadeiro sr. Rochester apareça.

Ai meu Deus. Sei lá. Quer dizer, é o BORIS PELKOWSKI.

Bom, pelo menos a Tina está certa em relação a uma coisa: ele de fato sente as coisas de maneira passional. Tenho meu suéter manchado de sangue para comprovar.

Bom, na verdade, não, porque a sra. Pelkowski me devolveu e o tintureiro conseguiu mesmo tirar todas as manchas.

Mas mesmo assim.

A Tina e o BORIS PELKOWSKI????????????

AAAAAAAAAAAAAAAHHHHHHHH!!!!!!!!!!!!!!!!!!!!!!!!!!!!!!!!!!!!!!!

Quinta, 8 de maio, 15h, no sótão

Depois de o Lars ter que servir de escudo para um outro projétil — que dessa vez tinha sido jogado com precisão impressionante por uma aluna do último ano que tinha recebido o prêmio da feira de ciências — ele ligou para o meu pai e disse que achava que, por razões de segurança, eu deveria ser retirada das instalações escolares.

Então meu pai disse que tudo bem. E eu ganhei o resto do dia de folga.

Mas não de verdade, porque agora o sr. G está repassando toda a matéria da aula dele a que eu não andei prestando muita atenção na última semana e meia, usando a porta da geladeira como lousa e o alfabeto de ímã para formar os coeficientes dos problemas que eu deveria estar resolvendo.

Tanto faz, sr. G. Será que você não vê que no momento tenho problemas muito mais sérios do que uma porcaria de uma nota na sua aula? Quer dizer, acorda, não consigo nem colocar o pé na escola sem ser bombardeada por frutas.

Estou superdeprimida. Quer dizer, depois de tudo aquilo da greve, e depois com a Tina, e agora que todo mundo me odeia, não sei mesmo como é que eu vou conseguir sobreviver até o final da semana. Eu já liguei para o meu pai e falei assim: "Diga a Grandmère que eu agradeço muito. Agora eu não estou a salvo nem na minha instituição de ensino médio, e é tudo culpa dela."

Mas eu não sei se ele disse para ela. Não sei muito bem se ele e Grandmère estão se falando.

Eu sei que EU e ela não estamos nos falando. Na verdade, parece que tem um monte de gente com quem eu não estou falando... Grandmère, a Lilly, a Lana Weinberger...

Bom, mas eu nunca falei com a Lana mesmo. Mas você sabe o que eu quero dizer.

Uau, e se eu nunca mais puder voltar para a escola? Tipo, e se eu tiver que receber lições em casa? Seria a maior chatice do mundo. Como é que eu iria acompanhar as fofocas? Tipo, quem está saindo com quem? E quando é que eu veria o Michael? Só no fim de semana, e pronto. Isto seria muito ERRADO!!!! O ponto alto do meu dia é vê-lo esperando na frente do prédio dele, quando a minha limusine passa para pegá-lo, a caminho da escola. Eu sei que serei privada disso para sempre, já que ele vai estudar na Universidade de Columbia. Mas achei que poderia pelo menos aproveitar o fim deste ano letivo.

Ai meu Deus, eu estou mesmo muito chateada com tudo isto. Quer dizer, eu nunca GOSTEI de verdade da escola Albert Einstein, mas considerando as alternativas... sabe como é, receber aulas em casa, ou pior, ir estudar na GENOVIA... meu Deus, comparando assim, a AEHS é Xangri-lá.

Mas eu nem sei o que é Xangri-lá.

Como é que eles têm coragem de me afastar? Da AEHS, quer dizer. COMO É QUE ELES TÊM CORAGEM??????????

Ah, tem alguém na porta. Por favor, que seja o Michael com o resto da minha lição de casa. Não que eu esteja desesperada para fazer o resto da minha lição de casa, mas porque, se algum dia na vida eu já precisei ser reconfortada pelo cheiro do pescoço do Michael, este dia é hoje...

POR FAVOR POR FAVOR POR FAVOR POR FAVOR POR FAVOR POR FAVOR POR FAVOR

Quinta, 8 de maio, mais tarde, no sótão

Bom, não era o Michael. Mas quase. Era um integrante da família Moscovitz.

Mas não o que eu queria.

Acho que a Lilly tem mesmo muita coragem de vir até aqui depois de tudo que ela me fez passar. Quer dizer, tenha ela síndrome de Asperger ou não. Ela transformou a minha vida em um perfeito inferno nesses últimos dias, e daí ela aparece na porta da minha casa, chorando, e implorando para ser perdoada?

Mas o que é que eu podia fazer? Não dava exatamente para bater a porta na cara dela. Bom, eu podia ter feito isso, sim, mas teria sido uma coisa terrivelmente nada digna de uma princesa.

Em vez disso, convidei-a para entrar — mas com frieza. Com *muita* frieza. Quem é que é a fraca AGORA, é o que eu gostaria de saber????

Fomos para o meu quarto. Fechei a porta (tenho permissão para fechar a porta se o Michael não estiver lá dentro comigo).

E a Lilly colocou tudo para fora.

Não como eu estava esperando, com a desculpa sincera que eu merecia pela maneira pavorosa com que ela me tratou, manchando o meu prestígio e a minha linhagem real pelas ondas da TV do jeito que ela fez.

Ah, não. Nada disso. A Lilly estava chorando porque tinha ouvido falar da Tina e do Boris.

É isso aí. A Lilly está chorando porque quer o namorado de volta. Falando sério! E ainda mais depois do jeito que ela o tratou.

Só estou aqui sentada em um silêncio estupefato, olhando para a Lilly enquanto ela não pára de falar. Está andando de um lado para o outro no meu quarto com a jaqueta do Mao dela e de chinelos Birkenstock, sacudindo os cílios brilhantes e os olhos por trás das lentes dos óculos (acho que os revolucionários que trabalham para garantir poder a seu povo não usam lentes de contato), cheios de lágrimas amargas.

"Como é que ele pôde fazer isto?", ela não pára de choramingar. "Eu viro as costas por cinco minutos — cinco minutos! — e ele sai correndo para os braços de outra menina? O que é que ele está pensando?"

Não posso fazer nada além de observar que talvez Boris estivesse pensando em ver ela, a Lilly, a namorada dele, com a língua de um outro garoto enfiada na garganta dela. No MEU armário do corredor, nada menos do que isso.

"O Boris e eu nunca prometemos exclusividade", ela insiste. "Eu disse a ele que sou como um passarinho irrequieto... Ninguém pode me amarrar."

"Bom", eu dei de ombros. "Talvez ele seja mais do tipo que gosta de se empoleirar."

"Tipo com a Tina, é isso que você quer dizer?", Lilly esfrega os olhos. "Não acredito que ela pôde fazer isso comigo. Quer dizer, será que ela não percebe que nunca vai fazer o Boris feliz? Afinal de contas, ele é um gênio. E só outro gênio para lidar com um gênio."

Eu lembro a Lilly, de um jeito meio seco, que *eu* não sou gênio nenhum, mas pareço estar lidando bem com o irmão dela, que tem QI de 179, bastante bem.

Tirando o fato de que ele continua se recusando a ir à festa de formatura e ainda não pegou no meu peito.

"Ah, faça-me o favor", a Lilly despreza. "O Michael é louco por você. Além disso, pelo menos você está na classe de Superdotados e Talentosos. Você tem a oportunidade de observar gênios em ação todos os dias. O que é que a Tina sabe sobre eles? Aliás, acho que ela nunca nem assistiu a *Uma mente brilhante*! Porque o Russel não aparece muito sem camisa no filme, sem dúvida."

"Ei", eu digo, de maneira áspera. Eu também notei isso em *Uma mente brilhante*, e acho que é uma crítica bem válida. "A Tina é minha amiga. E uma amiga muito melhor do que *você* tem sido ultimamente."

A Lilly pelo menos faz a concessão de ficar com cara de culpada.

"Desculpa por tudo, Mia", pede. "Juro que não sei o que deu em mim. Eu só vi o Jangbu e eu... bom, acho que virei escrava do meu próprio desejo."

Devo dizer que fiquei bem surpresa ao ouvir isso. Porque ao passo que Jangbu é, claro, bem gostosinho, nunca achei que a atração física fosse importante para a Lilly. Quer dizer, afinal, ela está saindo com o Boris já faz um tempão.

Mas, aparentemente, entre ela e o Jangbu, a coisa era completamente física.

Meu Deus. Fico aqui imaginando até onde eles foram. Será que seria falta de educação perguntar? Quer dizer, eu sei que, levando em conta que não somos mais melhores amigas, provavelmente não é da minha conta.

Mas se ela transou com aquele cara, eu mato.

"Mas tudo terminou entre mim e o Jangbu", a Lilly acabou de anunciar, de um jeito muito dramático... tão dramático que o Fat Louie, que para começo de conversa nem gosta muito da Lilly e geralmente se esconde no armário no meio dos sapatos quando ela vem em casa, acabou de tentar se enfiar nas minhas botas de neve. "Achei que ele tinha coração de proletário. Achei que, afinal, eu tinha encontrado um homem que compartilhava da minha paixão pelas causas sociais e do avanço dos trabalhadores. Mas pobre de mim... estava errada. Tão, tão errada... Simplesmente não posso ser a alma gêmea de um homem que está disposto a vender sua alma para a imprensa."

Parece que o Jangbu foi abordado por uma série de revistas, inclusive a *People* e a *US Weekly*, que estão lutando entre si para obter os direitos exclusivos dos detalhes do entrevero dele com a princesa viúva da Genovia e o cachorro dela.

"É mesmo?" Fiquei surpresa de verdade ao saber daquilo. "Quanto é que estão oferecendo?"

"Da última vez que falei com ele, estava na casa das centenas de milhares de dólares." A Lilly enxuga os olhos em um pedaço de renda que eu recebi do príncipe coroado da Áustria. "Ele não vai mais precisar do emprego dele no Les Hautes Manger, com toda a certeza. Está planejando abrir um restaurante próprio. Está pensando em chamar de Lanche no Nepal."

"Uau." Fiquei com pena da Lilly. Fiquei mesmo. Quer dizer, eu sei como é chato quando alguém que você achava que era seu parceiro espiritual se revela um vendido. Especialmente quando ele beija de língua tão bem quanto o Josh — que dizer, o Jangbu.

Mesmo assim, só porque eu estou com pena da Lilly, isto não quer dizer que vou perdoá-la pelo que ela fez. Posso até não ser auto-atualizada, mas tenho orgulho próprio.

"Mas eu quero que você saiba", a Lilly está dizendo, "que percebi que não estava apaixonada pelo Jangbu antes desse negócio todo de greve. Eu soube que nunca tinha deixado de amar o Boris quando ele pegou aquele globo e largou em cima da cabeça por minha causa. Estou dizendo, Mia, que ele estava disposto a levar *pontos* por causa de mim. É esse tanto que ele me ama. Nenhum garoto jamais me amou o suficiente para se arriscar a passar por dor e desconforto físico por minha causa... e certamente não o Jangbu. Quer dizer, ele está envolvido DEMAIS com a fama e a celebridade dele. Não é igual ao Boris. Quer dizer, o Boris é mil vezes mais superdotado e talentoso do que o Jangbu, e ELE não se deixou levar pelo jogo da fama."

Eu realmente não sei muito bem como responder a tudo isso. Acho que a Lilly deve estar percebendo pelo jeito como aperta os olhos na minha direção e diz: "Você pode fazer o favor de parar de escrever nesse diário por UM MINUTO e me dizer o que eu faço para conseguir o Boris de volta?"

Apesar de me custar muito, sou obrigada a informar a Lilly que eu acho que as chances de reconquistar o Boris são, tipo, zero. Até menos do que zero. Tipo na zona dos polinômios negativos.

"A Tina está louca por ele de verdade", digo a ela. "E acho que ele sente o mesmo por ela. Quer dizer, ele deu para ela o retrato autografado em papel brilhante do Joshua Bell..."

Essa informação faz com que a Lilly agarre o coração, cheia de dor existencial. Ou talvez não seja tão existencial assim, já que eu nem tenho muita certeza a respeito do que existencial quer dizer. De qualquer modo, ela agarrou o coração e caiu de costas em cima da minha cama, toda dramática.

"Aquela bruxa!", ela não pára de gritar — tão alto que estou com medo de que o sr. G apareça aqui e entre no quarto para ver se não estamos assistindo a *Charmed* alto demais. "Aquela bruxa traiçoeira de coração negro! Ela vai ver só uma coisa por roubar o meu homem! Eu pego ela!"

Então eu precisei ficar muito severa com a Lilly. Disse a ela que sob nenhuma circunstância ela vai "pegar" ninguém. Digo a ela que a Tina adora o Boris, verdadeira e sinceramente, e isso é tudo que ele sempre quis — amar e ser amado em retribuição, igual ao Ewan McGregor em *Moulin Rouge — Amor em vermelho*. Disse a ela que se ela ama mesmo o Boris do jeito que diz que ama, vai deixar a Tina e ele em paz, vai deixar que aproveitem as últimas semanas de aula juntos. Daí, no outono, se a Lilly ainda achar que quer o Boris de volta, pode fazer alguma coisa. Antes, não.

A Lilly ficou, acho, um pouco estupefata com o meu conselho sábio — e muito direto. Na verdade, parece que ela ainda está digerindo o que ouviu. Está sentada na ponta da minha cama, piscando para o meu protetor de tela da princesa Leia. Tenho certeza de que deve ser um belo golpe para uma menina com o ego do tamanho do da Lilly... sabe como é, que um garoto que a amou uma vez possa aprender a amar de novo. Mas ela simplesmente vai ter que se acostumar. Porque, depois do que ela fez com o Boris na última semana,

249

eu vou me encarregar pessoalmente de que ela nunca, nunca mais volte a sair com ele. Nem que eu tenha que ficar na frente do Boris com uma espadona velha, igual o Aragorn fez com aquele tal de Frodo. Esse é o tamanho da minha determinação para que a Lilly nunca mais brinque com a cabeça genial e cheia de ataduras do Boris Pelkowski.

Não sei se ela está percebendo isso por causa da determinação com que eu estou escrevendo ou se tem alguma coisa na minha expressão, mas a Lilly só suspirou e disse: "Tudo *bem*."

Agora está colocando o casaco e indo embora. Porque apesar de ela e o Jangbu terem se separado, ela continua sendo a presidente do JPAACDIJP, e tem muito a fazer.

Mas parece que me pedir desculpas não está na lista de tarefas dela.

Pelo menos foi o que pensei.

Quando já estava na porta, ela se virou e disse: "Olha, Mia. Desculpa por ter te chamado de fraca naquele dia. Você não é fraca. Na verdade... você é uma das pessoas mais fortes que eu conheço."

Acorda! É verdade mesmo! Eu lutei contra tantos demônios hoje que faço aquelas meninas do *Charmed* parecerem umas retardadas. Realmente, eu deveria ganhar uma medalha, ou pelo menos a chave da cidade, ou qualquer coisa assim.

Infelizmente, no entanto, bem quando eu achei que a minha bravura já não ia mais se fazer necessária — a Lilly e eu nos abraçamos, e ela foi embora, depois de dizer algumas palavras de desculpa para a minha mãe e o sr. G a respeito daquela coisa toda de agarrar-o-Jangbu-o-ajudante-de-garçom-desempregado-no-armário-do-corredor, que eles aceitaram com muita gentileza. Assim que ela saiu, o interfone tocou DE NOVO. Achei que dessa vez COM CERTEZA era o Michael. Ele tinha prometido pegar todo o resto da minha lição e levar para mim.

Então você pode imaginar o meu pavor — minha repulsa absoluta — quando fui até o interfone, tirei do gancho, coloquei na orelha e falei: "Oooooooooi?", e a voz que veio chiando em resposta não era aquela voz profunda, aconchegante e bem conhecida do meu amor verdadeiro...

... e sim o cacarejo odioso de GRANDMÈRE!!!!!!!!!!!!!!!

Sexta, 9 de maio, 1h, no sofá-futton da sala no sótão

Isto aqui é um pesadelo. Tem que ser. Alguém vai me beliscar e eu vou acordar e tudo vai terminar e eu vou voltar para a minha caminha aconchegante, e não vou mais ficar aqui neste sofá-futton — como é que eu nunca tinha reparado como este negócio é DURO? — na sala no meio da noite.

Só que NÃO é pesadelo nenhum. Eu sei que não é pesadelo porque quando a gente tem um pesadelo, a gente precisa DORMIR, que é uma coisa que eu não consigo fazer, porque Grandmère RONCA ALTO DEMAIS.

É isso aí. A minha avó ronca. Seria uma notícia bem suculenta para o jornal *Post*, hein? Eu devia ligar para lá e segurar o telefone na porta do meu quarto (dá para ouvir até com a porta FECHADA). Já estou até vendo a manchete:

A PRINCESA VIÚVA: RONCOS REAIS

Não dá para acreditar que isto está acontecendo. Como se a minha vida já não estivesse ruim o bastante. Como eu já não tivesse problemas suficientes. E agora a minha avó psicopata veio *morar* na minha casa?

Mal pude acreditar quando abri a porta do sótão e a vi parada ali, com o motorista dela logo atrás, carregando uns 50 milhões de malas da Louis Vuitton. Só fiquei lá olhando para ela, durante um minuto inteiro, até que finalmente Grandmère disse: "Bom, Amelia? Você não vai me convidar para entrar?"

E daí, antes que eu tivesse a oportunidade de convidar, ela passou por mim como se eu nem estivesse na frente, reclamando sem parar que não tínhamos elevador e que não fazíamos a mínima idéia de como era prejudicial para uma mulher da idade dela ter que subir três lances de escada. (Reparei que ela não mencionou o que aquilo poderia causar em um chofer que tinha sido obrigado a carregar toda a bagagem dela por aquelas mesmas escadas.)

Daí ela começou a andar de um lado para o outro, como sempre faz quando vem em casa, pegando coisas e olhando com cara de desaprovação antes de colocar de novo no lugar, como a coleção de esqueletos de Cinco de Mayo da mamãe ou o porta-copos da Associação Estudantil Atlética do sr. G.

Nesse intervalo, como a minha mãe e o sr. G tinham ouvido toda a confusão, saíram do quarto e ficaram paralisados — os dois — de pavor quando viram a cena que se desenrolava à frente deles. Preciso reconhecer, parecia mesmo um pouco assustador... especialmente porque o Rommel tinha conseguido escapar dos braços de Grandmère e estava mancando pelo chão com aquelas perninhas de Bambi dele, cheirando as coisas com tanto cuidado que dava para achar que elas podiam explodir na cara dele a qualquer instante (o que podia muito bem acontecer quando ele fosse cheirar o Fat Louie).

"Hmm, Clarisse", fez minha mãe (que mulher mais corajosa!). "Será que você se importaria de nos dizer o que está fazendo aqui? Carregando, hmm, o que parece ser o seu guarda-roupa inteiro?"

"Não posso ficar naquele hotel nem mais um instante", Grandmère rosnou, colocando de volta no lugar a lavamax do sr. G, sem nem olhar para a minha mãe, cuja gravidez — "na idade avançada dela", como Grandmère gosta de dizer, apesar de a minha mãe ser na verdade mais jovem do que muitas atrizes atualmente grávidas — ela considera uma vergonha de enormes proporções. "Ninguém mais trabalha por lá. O lugar virou um caos completo. É impossível conseguir uma alma que execute o serviço de quarto, e nem pense em chamar alguém para preparar o seu banho. E, por isso, vim para cá." Ela piscou para nós sem nem um pingo de carinho. "Para o seio da minha família. Em momentos de necessidade, acredito que é tradição dos parentes acolher um membro da família."

A minha mãe não estava caindo nem um pouco na lengalenga de coitadinha-de-mim de Grandmère.

"Clarisse", começou ela, cruzando os braços sobre o peito (o que é um grande feito, levando em conta o tamanho dos peitos dela — espero que, se algum dia eu ficar grávida, meus peitos também fiquem assim tão deliciosos). "Há uma greve dos funcionários de hotel. Não é como se o Plaza tivesse virado alvo de mísseis. Acho que você está exagerando um pouquinho..."

E foi bem aí que o telefone tocou. Eu, é claro, pensando que era o Michael, mergulhei para atender correndo. Mas, que pena, não era o Michael. Era o meu pai.

"Mia", balbuciou ele, parecendo um tantinho em pânico. "A sua avó está aí?"

"Mas que coisa, está sim, pai", respondi. "Você quer falar com ela?"

"Ai meu Deus", meu pai resmungou. "Não. Deixe-me falar com a sua mãe."

Meu pai ia escutar poucas e boas, e ele não fazia a menor idéia. Entreguei o telefone para a minha mãe, que pegou com aquela cara de sofrimento eterno que ela sempre faz quando Grandmère está presente. Bem quando ela estava colocando o telefone no ouvido, Grandmère disse para o chofer: "Isto é tudo, Gaston. Você pode deixar as malas no quarto de Amelia e ir embora."

"Fique onde está, Gaston", minha mãe pediu, bem quando eu gritei: "No MEU quarto? Por que no MEU quarto?"

Grandmère olhou para mim toda azeda: "Porque, em momentos de dificuldade, mocinha, é tradição que o membro mais jovem da família sacrifique seu conforto em nome do mais velho."

Nunca tinha ouvido falar dessa tradição ridícula antes. O que era aquilo afinal? Alguma coisa tipo a refeição com dez pratos da Genovia ou algo assim?

"Phillipe", minha mãe resmungava ao telefone. "O que é que está acontecendo aqui?"

Enquanto isso, o sr. G tentava o melhor possível naquela situação péssima. Perguntou a Grandmère se podia oferecer-lhe alguma coisa para beber.

"Um Sidecar, por favor", Grandmère pediu, sem nem olhar para ele, mas examinando os problemas de álgebra com o alfabeto magnético na porta da geladeira. "E não coloque muito gelo."

"Phillipe!", minha mãe ia dizendo, em tom cada vez mais histérico, no telefone.

Mas não adiantou nada. Meu pai não podia fazer nada. Ele e os empregados — o Lars, o Hans, o Gaston e todos os outros — não ligavam de ficar no Plaza sob as durezas impostas pela ausência de funcionários. Mas Grandmère simplesmente não suportava aquela situação. Aparentemente, tinha tentado ligar para o serviço de quarto para pedir seu chá de camomila com biscotti da noite e, quando descobriu que não tinha ninguém para levar para ela, ficou completamente louca e enfiou o pé na abertura de cartas de vidro (colocando em perigo os dedos do coitado do carteiro, quando ele for coletar a correspondência amanhã).

"Mas Phillipe", minha mãe continuava a choramingar. "Por que *aqui*?"

Mas não havia nenhum outro lugar para Grandmère ir. As coisas estavam tão ruins, se não piores, em todos os outros hotéis da cidade. Grandmère afinal tinha resolvido fazer as malas e abandonar o barco... achando, sem dúvida, que, como tinha uma neta à distância de cinqüenta quarteirões, por que não aproveitar a mão-de-obra grátis?

Então, pelo menos por enquanto, vamos ter que ficar com ela. Até *eu* tive que abrir mão da minha cama, porque ela se recusou categoricamente a dormir no sofá-futton. Ela e o Rommel estão no *meu* quarto — meu porto seguro, meu santuário, minha fortaleza de solidão, minha câmara de meditação, meu palácio zen —, e ela já desligou o meu computador porque não gostava do meu protetor de tela da princesa Leia "olhando" para ela. O coitado do Fat Louie está tão confuso que se eriçou todo para a privada, porque precisava achar um jeito de demonstrar sua desaprovação em relação àquela situação toda. Agora ele se escondeu no armário do corredor — o mesmo corredor onde, se você pensar bem, tudo isto começou — entre os pedaços do aspirador e todos os guarda-chuvas de três dólares que fomos acumulando lá com o tempo.

Foi uma visão extremamente aterradora ver Grandmère vindo do meu banheiro com bobs no cabelo e o creme noturno dela no rosto. Ela parecia alguma criatura saída do Conselho Jedi em *Ataque dos clones*. Eu quase perguntei a ela onde tinha estacionado o veículo espacial dela. Só que a minha mãe tinha me dito para ser legal com ela. "Pelo menos até eu achar um jeito de me livrar dela, Mia."

Graças a Deus o Michael *finalmente* apareceu com a minha lição de casa. Não pudemos nos cumprimentar calorosamente, no entanto, porque Grandmère estava sentada na mesa da cozinha, olhando para nós igual a um falcão o tempo todo. Eu nem pude cheirar o pescoço dele!

E agora estou aqui, deitada neste sofá-futton cheio de calombos, ouvindo os roncos profundos e ritmados da minha avó no outro quarto, e a única coisa em que consigo pensar é que esta greve precisa acabar logo.

Como se já não fosse ruim o bastante morar com um gato neurótico, um professor de álgebra que toca bateria e uma mulher no último trimestre da gravidez. Enfie mais uma princesa viúva da Genovia e pronto: pode reservar um quarto para mim na ala psiquiátrica do hospital Bellevue, porque isto aqui está mais parecendo um hospício.

Sexta, 9 de maio, sala de presença

Resolvi ir à escola hoje porque:

1) É o dia de cabular aula do último ano, então a maior parte das pessoas que gostariam que eu morresse não vão estar aqui para jogar coisas em mim e

2) É melhor do que ficar em casa.

Estou falando sério. As coisas não estão nada bem na Rua Thompson, nº 1005, apartamento 4A. Hoje de manhã, quando Grandmère acordou, a primeira coisa que fez foi exigir que eu levasse para ela um copo de água quente com limão e mel. Eu fiquei tipo: "Hã, de jeito nenhum", o que não caiu muito bem, vou dizer uma coisa. Achei que Grandmère ia bater em mim.

Em vez disso, ela jogou meu boneco de Fiesta Giles — aquele em que o guardião da Buffy, a Caça-Vampiros, aparece de sombreiro — na parede! Eu tentei explicar a ela que aquele é um item de colecionador que vale quase duas vezes o que eu paguei por ele, mas ela não gostou nadinha do meu sermão. Só falou assim: "Vá buscar um copo de água quente com limão e mel para mim!"

Então eu levei a porcaria da água quente com limão e mel para ela, e ela bebeu tudo e daí, não estou de brincadeira, passou meia hora no meu banheiro. Não faço a menor idéia do que ela estava fazendo lá, mas quase deixou o Fat Louie e eu loucos... eu porque precisava entrar lá para pegar a minha escova de dente, e o Fat Louie porque é lá que a caixa de areia dele fica.

Mas tanto faz, eu finalmente consegui entrar e escovar os dentes, e daí falei algo do tipo "até mais" e eu e o sr. G saímos correndo até a porta.

Mas não foi rápido o suficiente, porque a minha mãe nos pegou antes que conseguíssemos sair a salvo do sótão, e assobiou para nós por entre os dentes, com uma voz bem assustadora: *Eu mato vocês dois por me deixarem sozinha com ela hoje o dia inteiro. Não sei como, não sei quando. Mas quando vocês menos esperarem... vão ver só uma coisa.*

Uau, mãe. Vai tomar mais um pouco de isotônico.

Bom, mas de qualquer jeito, as coisas aqui na escola se acalmaram bastante desde ontem. Talvez seja porque os alunos do último ano não estão aqui. Bom, todos menos o Michael. Ele está aqui. Porque, segundo ele, acha que não deve cabular aula só porque o Josh Richter disse que era para cabular. E também porque a diretora Gupta vai dar dez deméritos para cada aluno que não tiver desculpa para faltar, e se você tiver deméritos, a bibliotecária não dá desconto na liquidação de livros usados do fim do ano, e o Michael está de olho na coleção de obras de Isaac Asimov da escola já há algum tempo.

Mas eu acho mesmo que ele está aqui pela mesma razão que eu: para fugir da atual situação na casa dele. Isso porque, como ele me explicou na limusine a caminho da escola, os pais dele finalmente descobriram que a Lilly andava cabulando aula para organizar coletivas de imprensa sem o consentimento deles. Os drs. Moscovitz ficaram loucos da vida de verdade, e obrigaram a Lilly a ficar em casa com eles para conversar longamente a respeito da óbvia desobediência civil dela e da maneira como ela tratou o Boris. O Michael disse que saiu fora de lá rapidinho, e quem é que pode culpá-lo?

Mas as coisas parecem mesmo que vão melhorar, porque quando nós paramos na Ho's hoje de manhã antes da aula para tomar café da manhã (sanduíche de ovo para o Michael; rosquinhas para mim) ele me agarrou enquanto o Lars estava na seção refrigerada comprando o Red Bull dele da manhã e começou a me beijar, e eu pude cheirar o pescoço dele, o que imediatamente acalmou meus nervos em frangalhos por causa de Grandmère e me convenceu de que, de algum jeito, tudo vai ficar bem.

Talvez.

Sexta, 9 de maio, Álgebra

Ai meu Deus, mal posso escrever, de tanto que as minhas mãos estão tremendo. Não dá para acreditar no que acabou de acontecer... Não dá para acreditar porque é BOM demais. Como é possível? Coisas boas NUNCA acontecem comigo. Bom, tirando o Michael.

Mas isto...

É quase bom demais para ser verdade.

Aconteceu o seguinte: eu entrei na sala de álgebra toda inocente, sem esperar nada. Sentei na minha carteira e comecei a olhar a lição de casa — que o sr. G tinha me ajudado a terminar — quando de repente meu celular tocou.

Achando que era a minha mãe entrando em trabalho de parto — ou que ela havia desmaiado na seção de sorvete do supermercado Grand Union de novo —, corri para atender.

Mas não era a minha mãe. Era Grandmère.

"Mia", começou ela. "Você não precisa se preocupar com nada. Eu já resolvi o problema."

Juro que não fazia a mínima idéia do que ela estava falando. Não no começo, pelo menos. Fiquei tipo: "Que problema?" Achei que talvez ela estivesse falando do nosso vizinho Verl e das reclamações dele de que a gente faz muito barulho. Achei que talvez ela tivesse mandado executá-lo ou qualquer coisa assim.

Bom, isso é bem possível, se é que eu conheço Grandmère.

E foi exatamente por isso que as palavras que vieram a seguir foram um choque completo.

"A sua festa de formatura", explicou ela. "Eu falei com uma pessoa. E achei um lugar para vocês fazerem a festa, com ou sem greve. Está tudo arranjado."

Fiquei lá sentada um minuto, segurando o telefone na orelha, mal conseguindo registrar o que eu tinha acabado de ouvir.

"Espera aí", balbuciei. "O quê?"

"Pelo amor de Deus", Grandmère exclamou, toda impaciente. "Será que eu preciso repetir? Achei um lugar para vocês fazerem a festinha de vocês."

E daí ela me disse onde era.

Desliguei o telefone toda zonza. Não dava para acreditar. Juro que não conseguia acreditar.

Grandmère tinha conseguido.

Não que ela tivesse reconhecido sua culpa em uma das greves que mais causaram prejuízo na história de Nova York. Nada assim.

Não. Era algo mais importante ainda.

Ela havia conseguido salvar a festa de formatura. Grandmère tinha salvado a festa de formatura do último ano da Albert Einstein High School.

Olhei para a Lana sentada na minha frente, que não estava olhando na minha direção de propósito, devido ao fato de eu ser a responsável pelo cancelamento da festa de formatura.

E foi aí que eu percebi. Grandmère tinha salvado a festa de formatura para a AEHS. Mas eu ainda podia salvar a festa de formatura para mim.

Cutuquei a Lana no ombro e falei: "Você já está sabendo?"

Lana se virou para olhar para mim de um jeito bem maldoso: "Estou sabendo o quê, sua esquisita?"

"A minha avó achou um lugar alternativo para a festa de forma-tura", respondi.

E contei que lugar era aquele.

A Lana só ficou olhando para mim, completamente chocada. Mesmo. Ela estava tão abalada que nem conseguia falar. Eu consegui abalar a Lana a ponto de fazê-la calar a boca. Mas não foi igual àquela vez que eu enfiei um sorvete nela. Daquela vez, ela teve MUITA coisa a dizer.

Desta vez? Nada.

"Mas tem uma condição", prossegui.

E daí eu disse a ela qual era a condição.

O que, obviamente, Grandmère não tinha mencionado. A condição, quero dizer. Não, a condição foi uma pequena manobra de princesa-da-Genovia.

Mas eu aprendi com a mestra.

"E então?", perguntei para concluir, quase simpática, como se eu e a Lana fôssemos amigas, e não inimigas mortais, igual à Alyssa Milano e A Fonte de Iodo o Mal. "É pegar ou largar."

A Lana não hesitou. Nem por um segundo. Só falou: "Tudo bem."

Bem assim. "Tudo bem."

E, de repente, eu me senti como se fosse a Molly Ringwald. Estou falando sério.

Não dá para explicar, nem para mim mesma, por que é que eu fiz o que fiz na seqüência. Eu simplesmente fiz. Foi como se, por um instante, eu estivesse possuída pelo espírito de alguma outra menina, uma menina que de fato se dá bem com gente igual a Lana. Estiquei a mão, peguei a cabeça da Lana, puxei na minha direção e dei um beijo estalado, bem no meio das sobrancelhas dela.

"Eca, que nojo", falou a Lana, recuando rapidinho. "Qual é o seu problema, sua esquisita?"

Mas eu nem liguei de a Lana me chamar de esquisita, duas vezes. Porque meu coração estava cantando igual àqueles passarinhos que voam em volta da cabeça da Branca de Neve quando ela está do lado do poço. Falei assim: "Não se mexa", e pulei da carteira...

Para grande surpresa do sr. G, que tinha acabado de entrar na sala, com um copão de café da Starbucks na mão.

"Mia", chamou ele, de olhos arregalados, quando eu passei correndo. "Aonde é que você vai? O segundo sinal acabou de tocar."

"Volto em um minutinho, sr. G", gritei por cima do ombro, enquanto corria em direção à sala onde Michael estava tendo Inglês Aplicado.

E eu nem precisava me preocupar de me fazer de boba na frente dos colegas do Michael nem nada, porque nenhum dos colegas do Michael estava lá, já que era o dia de cabular aula do último ano e tudo o mais. Entrei direto na classe dele — foi a primeira vez que eu fiz uma coisa dessas: normalmente, é claro, o Michael é que vem me visitar na MINHA classe — e falei assim: "Desculpa, sra. Weinstein", para a professora de inglês dele, "mas será que eu posso dar uma palavrinha com o Michael?"

A sra. Weinstein — que, dava para ver, estava esperando um dia de pouco trabalho, já que tinha vindo para a aula com a última edição de *Nova* embaixo do braço — levantou os olhos da página de horóscopo e disse: "Pode ser, Mia."

265

Então eu fui na direção do Michael, que estava extremamente surpreso, sentei na carteira na frente dele e comecei: "Michael, lembra que você disse que só iria à festa de formatura se os caras da sua banda também fossem?"

O Michael parecia não conseguir se recuperar do fato de que *eu* estava na classe dele para variar.

"O que é que você está fazendo aqui?", ele quis saber. "O sr. G sabe que você está aqui? Você vai se meter em encrencas de novo…"

"Deixa isso pra lá", respondi. "Só me diz uma coisa. Você falou sério quando disse que iria à festa de formatura se os caras da banda também fossem?"

"Acho que sim", o Michael respondeu. "Mas, Mia, a festa de formatura foi cancelada, lembra?"

"E se eu dissesse", falei bem desencanada, como se estivesse comentando o tempo, "que a festa de formatura vai acontecer, e que eles precisam de uma banda, e que o comitê da banda da festa de formatura escolheu a SUA banda?"

O Michael só ficou olhando para mim: "Eu diria… fala sério!"

"Estou falando totalmente sério", informei. "Ah, Michael, *por favor*, diz que você aceita. Eu quero *tanto* ir à festa de formatura…"

O Michael pareceu surpreso: "Você quer? Mas a festa de formatura é tão… babaca."

"Eu sei que é babaca", ecoei, não sem um pouco de emoção. "Eu *sei* que é, Michael. Mas isso não altera o fato de que eu sonho praticamente a vida inteira em ir à festa de formatura. E acho que posso mesmo atingir a total auto-atualização se você e eu fôssemos à festa de formatura juntos amanhã à noite…"

O Michael ainda estava com aquela cara de quem não estava acreditando em nada daquilo: que a banda dele estava mesmo sendo contratada para um show de verdade; que o show era na festa de formatura da escola; e que a namorada dele tinha acabado de confessar que só conseguiria progredir rapidamente na árvore junguiana da auto-atualização se ele concordasse em levá-la à festa de formatura com ele.

"Hmm", o Michael disse. "Bom, tudo bem. Acho que sim. Já que é assim tão importante para você..."

Fiquei tão tomada pela emoção que simplesmente estiquei a mão e peguei a cabeça do Michael, igual eu tinha feito com a Lana. E, igual eu tinha feito com a Lana, puxei a cabeça do Michael na minha direção e dei um beijo estalado nele... só que não foi no meio das sobrancelhas, igual eu fiz com a Lana, mas bem na boca dele.

O Michael pareceu ficar muito, muito surpreso com aquilo — especialmente, sabe como é, porque eu fiz bem na frente da sra. Weinstein. Que foi provavelmente o motivo por que ele ficou todo vermelho até o couro cabeludo depois que eu acabei de beijá-lo e falou "*Mia*", com uma voz meio estrangulada.

Mas eu nem me importei se o deixei envergonhado. Porque estava feliz demais. Eu disse: "A gente se fala, sra. Weinstein", para a professora de inglês do Michael com cara de surpresa e saí correndo dali, me sentindo a própria Molly quando o Andrew McCarthy veio até ela na festa de formatura e confessou o amor que tinha por ela, apesar de ela estar usando aquele vestido pavoroso.

E agora estou sentada aqui — depois de dizer a Lana que a Skinner Box vai com certeza tocar na festa de formatura — tremendo de tanta emoção por toda a sorte que eu tenho.

Eu vou à festa de formatura. Eu, Mia Thermopolis, vou à festa de formatura. Com o meu namorado e o meu único amor, o Michael Moscovitz. O Michael e eu vamos à festa de formatura.

O MICHAEL E EU VAMOS À FESTA DE FORMATURA!!!!!!!!!!

À FESTA DE FORMATURA!!!!!!!!!!!!!

FESTA DE FORMATURA

DEVER DE CASA

Álgebra: Quem se importa? O Michael e eu vamos à festa de formatura!!!!!

Inglês: Festa de formatura!!!!

Biologia: Eu vou à festa de formatura!!!!!!!!

Saúde e Segurança: FESTA DE FORMATURA!!!!!!!!!!!!!!!!!!!!!!!

Superdotados e Talentosos: Até parece

Francês: *Vous allez au promme!!!!!!*

Civilizações Mundiais: FESTA DE FORMATURA MUNDIAL!!!

FESTA DE FORMATURA!

Sexta, 9 de maio, 19h, no sótão

Realmente, não tenho tempo para todas as discussões entre a minha mãe e Grandmère. Será que essas mulheres não sabem que eu tenho coisas mais importantes com que me preocupar? EU VOU À FESTA DE FORMATURA AMANHÃ COM O MEU NAMORADO. Neste momento eu deveria estar descansando bastante e aplicando diversos ungüentos preciosos sobre o meu corpo, e não servindo de intermediadora de discussões entre uma mulher na pós-menopausa e outra com deficiências hormonais.

POR QUE É QUE VOCÊS DUAS NÃO PODEM CALAR A BOCA??????????? É o que eu tenho vontade de gritar para elas.

Mas isto, é claro, não seria nada digno de uma princesa.

Vou colocar meus fones de ouvido e tentar bloquear o barulho com o CD mixado que o Michael fez para a minha festa de aniversário. Talvez os tons suaves dos Flaming Lips sirvam para acalmar meus nervos em frangalhos.

Sexta, 9 de maio, 19h02

Nem mesmo os Flaming Lips conseguem abafar o tom estridente de Grandmère. Vou ouvir Kelly Osbourne.

Sexta, 9 de maio, 19h04

Sucesso! Finalmente, estou conseguindo escutar os meus próprios pensamentos.

O Michael acabou de me mandar um e-mail para dizer que ele e a banda provavelmente vão ficar a noite inteira ensaiando para o primeiro grande show deles. Mas tudo bem, porque o CARA pode muito bem aparecer na festa de formatura com olheiras embaixo dos olhos (é só olhar aquele cara que terminou no baile Time Zone com a Melissa Joan Hart em *Fica comigo*). Só que a GAROTA tem que estar com a pele macia como uma pétala e fresquinha igual a uma margarida.

Os caras da banda não ficaram exatamente emocionados com a coisa toda de tocar na festa de formatura. Na verdade, há boatos de que o Trevor até disse: "Ah, cara, será que em vez disso a gente não podia enfiar uns garfos nos olhos?"

Mas o Michael me disse que explicou para ele que um show é um show, e que não dá para ficar escolhendo muito.

O Michael assinou o e-mail dele assim:

A gente se vê amanhã à noite. Com amor, M

Amanhã à noite. Isso mesmo. Amanhã à noite, meu amor, quando eu entrar na festa de formatura de braços dados com você, e vir os olhares invejosos de todas as minhas colegas. Bom, só da Lana, porque ela é a única aluna do primeiro ano além de mim que vai. E a Shameeka. Só que ela nunca vai olhar para mim com inveja, porque é minha amiga.

Ah, e a Tina. Porque acontece que a Tina também vai à festa de formatura. Porque, claro, o Boris está na banda do Michael, e como ele vai estar lá, tem o direito de levar uma convidada, e escolheu a Tina, porque ela, como ele explicou durante o almoço hoje, "é a minha nova musa, e minha única razão para viver".

Ah, e como a Tina ficou emocionada de ouvir essas palavras articuladas pelos lábios do novo amor dela! Juro, ela quase engasgou com o suco. Ficou olhando toda apaixonada para o Boris, do outro lado da mesa, e apesar de eu achar que nunca escreveria estas palavras, juro que são verdade:

O Boris quase parecia bonito enquanto flutuava no brilho reluzente da afeição dela.

Falando sério. Tipo, até o queixo dele não parecia estar tão para a frente. E o peito dele meio que se destacou.

Ou isso ou ele anda fazendo musculação ou algo assim.

AHHHHH! O telefone. Ai, por favor, Deus, permita que seja o meu pai para dizer que a greve terminou e que ele vai mandar a limusine para pegar Grandmère...

Sexta, 9 de maio, 19h10

Não era o meu pai. Era o Michael, para perguntar se eu estava de acordo com a lista de músicas que a Skinner Box está pensando em tocar amanhã. Ela inclui várias músicas clássicas de festas de formatura, como "Who's Got the Crack" (quem está com o crack), dos Moldy Peaches; e "All Cheerleaders Die" (todas as animadoras de torcida têm que morrer), dos Switchblade Kittens; além de algumas coisas mais ousadas, como "Mary Kay", de Jill Sobule; e "Call the Doctor" (chame o médico), de Sleater-Kinney. Isso sem falar de músicas originais da Skinner Box, como "Rock-Throwing Youths" (jovens que atiram pedras) e "Princess of My Heart" (princesa do meu coração).

Senti vontade de sugerir ao Michael que trocasse "Rock-Throwing Youths" por alguma coisa menos controversa, como "When It's Over" (quando terminar), do Sugar Ray, ou "She Bangs" (ela arrasa), do Ricky Martin, mas ele disse que preferia aparecer no meio da Times Square só com um chapéu de caubói na cabeça (ah, como eu queria que ele fizesse isso!). Então sugeri algumas faixas antigas do Spoon ou do White Stripes.

Daí o Michael perguntou: "O que é toda essa gritaria no fundo?"

"Ah", fiz eu, como quem não quer nada. "É só Grandmère e a minha mãe discutindo. Grandmère fica insistindo para fumar no sótão, mas a minha mãe diz que não faz bem para mim nem para o bebê. Grandmère acabou de acusar a minha mãe de ser fascista. Ela disse que quando recebia o Hitler e o Mussolini para tomar chá, no auge da Segunda Guerra Mundial, os dois deixavam ela fumar, e se estava bom para aqueles sujeitos, devia ser bom o bastante para a minha mãe."

"Hmm, Mia", o Michael disse. "Você sabe quantos anos a sua avó tem, não sabe?"

"Sei", lembrando o aniversário de Grandmère com clareza até demais: ela havia insistido para que eu fosse à Genovia com ela para comemorar, só que eu tinha provas do meio do ano (GRAÇAS A DEUS) e não pude ir. Mas não fique achando que eu não fiquei ouvindo um monte por causa DAQUILO durante semanas.

"Bom, Mia", começou o Michael. "Eu sei que matemática não é o seu forte, mas você sabe que a sua avó era criancinha na época do auge da Segunda Guerra Mundial. Certo? Quer dizer, ela não pode ter recebido o Hitler e o Mussolini para tomar chá no palácio da Genovia, porque ela ainda nem morava lá, a menos que tenha se casado com o seu avô quando tinha, tipo, uns 5 anos."

Fiquei estupefata, em silêncio total, com aquilo. Quer dizer, dá para acreditar? A minha própria avó tem mentido para mim A VIDA INTEIRA. Tudo que ela me conta é como salvou o palácio de ser saqueado pelas hordas nazistas porque o Hitler estava lá tomando uma sopa ou alguma coisa assim. Durante todo esse tempo, eu fiquei pensando que ela era muito corajosa, e que tinha agido com muita diplomacia, ao impedir que houvesse uma incursão militar na Genovia com um prato de SOPA e o sorriso charmoso dela (bom, talvez naquele tempo fosse mesmo).

E AGORA EU DESCUBRO QUE ISSO NEM É VERDA-DE??????????????????????

Ai meu Deus. Ela é boa. Ela é boa *mesmo*.

Mas é preciso reconhecer — e nunca achei que eu diria isso algum dia — que não dá para ficar brava com ela. Porque... bom...

Ela de fato salvou a festa de formatura.

Sexta, 9 de maio, 19h30

A Tina acabou de ligar. Ela está feliz da vida porque vai à festa de formatura. Como ela diz, é um sonho se transformando em realidade. Eu respondi que só posso concordar. Ela me perguntou como é que a gente teve tanta sorte.

Eu expliquei a ela: porque nós duas somos gentis e puras de coração.

Sexta, 9 de maio, 20h

Ai meu Deus, nunca achei que ia dizer isto, mas coitada da Lilly.

Coitada, coitadinha da Lilly.

Ela acabou de descobrir que o Boris vai levar a Tina à festa de formatura. Ouviu quando o Michael e eu estávamos conversando agora há pouco. A Lilly está comigo no telefone, mal consegue falar, está fazendo muita força para segurar as lágrimas.

"M-Mia", ela não pára de engasgar. "O-Oque foi q-que eu fiz?"

Bom, está muito claro o que foi que a Lilly fez: estragou a própria vida, nada além disso.

Mas é claro que não posso dizer isso a ela.

Então, em vez disso, fico dizendo que as mulheres precisam dos homens tanto quanto os peixes precisam de bicicletas e que ela vai aprender a amar outra vez, blablablá. Basicamente, as mesmas coisas que eu e a Lilly dissemos para a Tina quando ela levou o pé na bunda do Dave Farouq El-Abar.

Só que, é claro, não foi o Boris que deu o pé na bunda da Lilly: foi ELA quem deu o pé na bunda dele.

Mas não posso fazer essa observação para a Lilly, porque seria a mesma coisa que chutar um cachorro morto.

É meio difícil lidar com a crise pessoal da Lilly porque

a) Eu estou muito feliz e
b) minha mãe e Grandmère continuam discutindo aos berros.

Precisei pedir licença por um instante e parei de falar no telefone. Fui até a sala e berrei: "Grandmère, pelo amor de Deus, será que você faria o favor de ligar para o Les Hautes Manger e pedir para eles recontratarem o Jangbu, para você poder voltar para a sua suíte no Plaza e nos deixar em PAZ?"

Mas o sr. Gianini, que estava sentado na mesa da cozinha, fingindo ler o jornal, observou: "Acho que não vai ser suficiente o sr. Panasa receber o emprego de volta para que esta greve termine, Mia."

O que, devo dizer, é extremamente decepcionante de ouvir. Porque eu mal consigo encontrar as minhas coisas no meu quarto, já que Grandmère espalhou as coisas dela por todos os lados. É um tanto desmoralizante abrir a gaveta de lingerie para pegar uma calcinha da rainha Amidala e encontrar lá a CALCINHA FIO-DENTAL DE RENDA PRETA que Grandmère usa.

Minha *avó* tem lingerie mais sexy do que eu. Isso é mesmo muito perturbador. Além do mais, provavelmente vou ter que fazer anos de terapia por causa disso.

Mas ninguém parece estar preocupado com a saúde mental das crianças, não é mesmo?

Então, quando eu voltei para o meu quarto e peguei o telefone de novo, a Lilly ainda não tinha parado de falar sobre o Boris. Falando sério. Como se ela nem tivesse percebido que eu tinha saído.

"... mas eu nunca dei valor ao que existia entre nós, até que ele foi embora", continua ela.

"Ãh-hã", falo.

"E agora eu vou ficar para titia e vou morar com um monte de gatos ou algo assim. Não que tenha alguma coisa de errado nisso, porque é claro que eu não preciso de um homem para me sentir completa enquanto ser humano mas, mesmo assim, sempre achei que pelo menos eu iria morar com um amante..."

"Ãh-hã", falo. Acabei de reparar como fiquei incomodada pelo fato de Rommel ter resolvido usar minha mochila como cama particular. Além disso, Grandmère teve todo o cuidado de colocar a máscara que ela usa para dormir em volta de um dos meus globos das Princesas Disney.

"E eu sei que não dei a ele atenção necessária e nunca deixei ele pegar no meu peito, mas falando sério, ele não está pensando que a *Tina* vai deixar, não é? Quer dizer, ela é totalmente o tipo de garota que vai exigir um pedido de casamento, no mínimo, antes de deixar ele *olhar* embaixo da camiseta dela..."

Aaaah. De repente, esta conversa ficou bem interessante. "É mesmo? O Boris nunca pegou no seu peito?"

"Bom, na verdade, nunca aconteceu", confidenciou Lilly, cheia de tristeza.

"E o Jangbu?"

Silêncio do outro lado da linha. Mas era um silêncio carregado de *culpa*, dava para sentir.

Mesmo assim, é bom saber que ela e o Boris nunca partiram para a ação peitoral frontal completa. Quer dizer, isso vai deixar a Tina feliz... assim que eu conseguir terminar de falar com a Lilly e ligar para ela, quero dizer.

Fico pensando se o Michael vai pegar nos meus peitos amanhã à noite... afinal, vai ser a primeira vez que eu vou usar um vestido sem alças.

E TRATA-SE da festa de formatura...

Sábado, 10 de maio, 7h

É de se pensar que uma PRINCESA conseguiria dormir na noite anterior à sua primeira FESTA DE FORMATURA.

AH, MAS É CLARO QUE NÃO.

Em vez de acordar ao som dos passarinhos que cantam, igual às princesas dos livros, fui acordada pelo barulho de Rommel guinchando enquanto o Fat Louie dava a maior surra nele por ele ter chegado perto da tigela de ração Fancy Feast dele.

Está sendo difícil sentir um mínimo que seja de pena do Rommel. Afinal, se não fosse pelo comportamento dele no meu aniversário, ele não estaria nesta situação.

Mas também é uma injustiça ficar achando que o Rommel poderia ter agido de maneira diferente. Ele não PEDIU exatamente a Grandmère que o levasse ao meu jantar de aniversário. E agora está bem claro para mim, depois de morar com ele durante vários dias, que o Rommel, mais do que ninguém que eu conheço, sofre de síndrome de Asperger.

Ai meu Deus. A confusão até agora não terminou...

Talvez se eu pegar meu vestido da festa de formatura e sair correndo de casa agora, eu ainda consiga chegar à casa da Tina e me arrumar para a Grande Noite na relativa privacidade da casa dela...

Ai meu Deus. É isto aí. É exatamente o que eu vou fazer! Por que é que eu não pensei nisso antes? Acho péssimo deixar a minha mãe e o sr. G sozinhos o dia inteiro com Grandmère, mas, falando sério, que outra escolha eu tenho? E A FESTA DE FORMATU-RA!!!!!!!!!!!!!!!!

Se é que algum dia já houve ocasião para ação de emergência este dia é hoje.

Sábado, 10 de maio, 14h, na casa da Tina

Bom, foi exatamente o que eu fiz. Fugi da Casa dos Horrores.

Eu e a Tina estamos a salvo, enfiadas no quarto dela, desobstruindo os poros com a ação do calor e máscaras de lama. Acabamos de fazer as unhas na Miz Nail, bem na esquina da rua dela (bom, só deram uma aparada nas minhas cutículas, porque na verdade eu não tenho unhas) e, daqui a pouco, o cabeleireiro da sra. Hakim Baba vem arrumar nosso cabelo.

É *exatamente* assim que a gente deve passar o dia da festa de formatura: se embelezando, em vez de ficar ouvindo a mãe e a avó da gente discutindo sobre quem foi que tomou o último isotônico (parece que foi Grandmère, que gosta da bebida com uma pouco de vodca).

Claro que eu me sinto mal com o fato de a minha mãe não poder compartilhar comigo este dia tão importante na formação do meu desenvolvimento como mulher. No entanto, ela tem coisas mais importantes com que se preocupar. Tipo, a gestação. E os exercícios de respiração dela, para não acabar matando Grandmère.

As informações a respeito das negociações da greve não são promissoras. Da última vez que ligamos a TV no New York One, o prefeito estava pedindo aos moradores de Nova York que começassem a fazer estoque de produtos como pão e leite, já que não ia mais ser possível pedir uma entrega de comida chinesa quando desse fome.

Falando sério, não sei o que o sr. G, a minha mãe e Grandmère vão comer se o Number One Noodle Soon parar de entregar comida em casa. É melhor eles terem sorte de conseguir comprar alguma comida pronta no mercado Jefferson...

Mas nada disso me preocupa. Não hoje. Porque hoje eu só vou me preocupar em ficar bonita para a festa de formatura.

Porque hoje, sou igual a qualquer outra menina no dia da festa de formatura. Hoje, eu sou uma

PRINCESA DA FESTA DE FORMATURA!!!!!!!!

Sábado, 10 de maio, 20h, na limusine a caminho da festa de formatura

Ai meu Deus. Estou tão animada que mal consigo me conter. A Tina e eu estamos FABULOSAS, apesar de ser eu quem está dizendo. Quando os garotos nos virem — nós vamos nos encontrar na festa de formatura, porque tiveram que chegar mais cedo para montar tudo —, eles vão ficar DE BOCA ABERTA.

Claro que é uma chatice o fato de eu e a Tina, em vez de termos ao nosso lado apenas bolsinhas bordadas adoráveis, termos que levar um par de guarda-costas. Falando sério. Ninguém nunca falou isso na edição de festa de formatura da revista *Seventeen*. Você sabe do que eu estou falando: "Como enfeitar o seu guarda-costas."

Você tinha que ter ouvido o Lars e o Wahim reclamando por ter que colocar smoking.

Mas daí eu lembrei que a Mademoiselle Klein vai estar lá e, até onde eu sei, ela ia usar um vestido com uma fenda do lado. Isso pareceu deixar os dois bem interessados, e eles nem reclamaram quando eu e a Tina colocamos flores iguais na lapela dos dois. Eles estão tão fofos juntos... tipo a Paris e a Nicky Hilton. Menos o jeans de cintura baixa e o nariz operado e tal.

Mas eu não mencionei que o sr. Wheeton também ia estar lá... e que, de fato, ele vai estar acompanhando a Mademoiselle Klein. De algum modo, achei que esta informação não seria muito bem recebida.

Ai meu Deus, estou tão nervosa que estou SUANDO. Vou dizer uma coisa, ter 15 anos está se revelando a melhor idade DE TO-DAS. Quer dizer, eu já participei da minha primeira brincadeira de Sete Minutos no Paraíso. E vou à primeira festa de formatura da minha vida...

Sou mesmo a garota mais sortuda do mundo.

Ai meu Deus. CHEGAMOS!!!!!!!!!!!!

Sábado, 10 de maio, 21h, no terraço de observação do Empire State Building

Nunca achei que ia dizer isso, mas Grandmère é tudo.

Falando sério. Estou TÃO feliz por ela ter levado o Rommel ao meu jantar de aniversário, e por ele ter escapado, e por o Jangbu Panasa ter tropeçado nele, e por o Les Hautes Manger ter mandado ele embora, e por a Lilly ter adotado a causa dele e ter causado uma greve generalizada do sindicato dos hotéis, dos restaurantes e dos carregadores.

Porque se nada disso tivesse acontecido, a festa de formatura não teria sido cancelada, e a Lana e o resto do comitê da festa de formatura teriam feito a festa no Maxim's e não no terraço de observação do Empire State Building — o que foi totalmente providenciado por Grandmère, que é *assim* com o dono — e o Michael teria continuado a se recusar a ir à festa de formatura e tudo, então, em vez de estar aqui, sob as estrelas, com o meu vestido cor-de-rosa-da-cor-do-anel-de-noivado-da-Jennifer-Lopez que é maravilhoso, ouvindo a BANDA DO MEU NAMORADO, eu estaria encalhada em casa, mandando e-mails para os meus amigos.

Então, enquanto estou aqui olhando para as luzinhas tremelicantes de Manhattan, só posso dizer uma coisa:

Obrigada, Grandmère. Obrigada por ser uma pessoa tão completamente esquisita. Porque, sem você, meu sonho de entrar na festa de formatura de braços dados com o meu verdadeiro amor nunca teria acontecido.

E tudo bem, é uma chatice a gente não poder dançar porque só tem música quando a Skinner Box está tocando.

Mas a banda fez um intervalo agora há pouco, e o Michael veio trazer um copo de ponche para mim (limonada rosa com Sprite... o Josh tentou colocar um pouco de bebida, mas o Wahim o pegou no pulo e o ameaçou com o punho fechado) e fomos até os telescópios e ficamos lá abraçados, olhando para o rio Hudson, que serpenteava prateado sob o luar e...

Bom, não tenho muita certeza, mas acho que ele pegou no meu peito.

Não tenho certeza porque não sei se conta se o cara apalpa a gente POR CIMA do sutiã. Vou precisar perguntar para a Tina, mas acho que a mão precisa mesmo ficar EMBAIXO do sutiã para contar.

Mas não tinha jeito de o Michael colocar a mão embaixo do MEU sutiã, porque eu estava usando um daqueles sem alça que são tão justos que parece que a gente colocou uma atadura em volta dos peitos.

Mas ele tentou. Acho que sim, de qualquer jeito.

Agora não há mais dúvidas. Sou uma mulher. Uma mulher em todos os sentidos da palavra.

Bom, quase. Eu provavelmente devia ir até o banheiro feminino e tirar esta porcaria de sutiã para que, se ele fizer de novo, eu possa de fato sentir alguma coisa...

Ai meu Deus, o celular de alguém está tocando. Quanta falta de educação. E, ainda por cima, no meio de "Rock-Throwing Youths". É de se pensar que as pessoas iam demonstrar algum respeito pela banda e desligar o...

Ai meu Deus. É o MEU celular!!!!!!!!!!!!!!!!!!!!!!!!!!

Domingo, 11 de maio, 1h, maternidade do hospital St. Vincent

Ai... meu... Deus.

Não dá para acreditar. Não dá mesmo. Hoje à noite, não só eu virei mulher (talvez), como também virei irmã mais velha.

É isso mesmo. À 0h01, horário da costa leste dos EUA, tornei-me a orgulhosa irmã mais velha de Rocky Thermopolis-Gianini.

Ele nasceu cinco semanas adiantado, então só pesava um quilo e 882 gramas. Mas o Rocky, como bem diz seu nome (acho que a minha mãe estava cansada demais para continuar brigando por Sartre. Que bom. Sartre seria um nome horroroso. O garoto com certeza ia apanhar o tempo todo com um nome como Sartre), é um lutador, e vai ter que ficar mais tempo em uma "incubadora" para "ganhar peso e crescer". Tanto a mãe quanto o opressor com cromossomo Y, no entanto, vão ficar bem...

Mas acho que não se pode dizer a mesma coisa a respeito da avó postiça. Grandmère está jogada ao meu lado, exausta. Na verdade, parece que ela está meio dormindo, e está roncando um pouquinho. Graças a Deus não tem ninguém por aqui para ouvir. Bom, tirando o sr. G, o Lars, o Hans, meu pai, nossa vizinha de porta Ronnie, nosso vizinho de baixo Verl, o Michael, a Lilly e eu, quer dizer.

Mas acho que Grandmère tem direito de ficar cansada. De acordo com o relato extremamente ressentido da minha mãe, se não tivesse sido por Grandmère, o pequeno Rocky poderia ter nascido bem ali no sótão... e também sem nenhuma parteira prestativa para ajudar. E, tendo visto como ele saiu tão rápido, e tão adiantado, e precisou de oxigênio para os pulmões começarem a funcionar, poderia ter sido um desastre!

Mas como eu estava na festa de formatura e o sr. G tinha descido para "comprar uns bilhetes de loteria na lojinha de esquina" (tradução: precisava sair dali por alguns minutos, porque não agüentava mais aquela discussão incessante), só Grandmère estava por perto quando a bolsa de mamãe se rompeu (graças a Deus que foi no banheiro, e não no sofá-futton. Ou então, onde é que eu ia dormir hoje à noite????).

"Agora não", aparentemente, foi o que Grandmère ouviu minha mãe choramingando no banheiro. "Ai meu Deus, agora não! É cedo demais!"

Grandmère, achando que a minha mãe estava falando da greve, e que não queria que acabasse tão logo porque isso significava que ela ficaria privada da agradável companhia da princesa viúva da Genovia, claro que entrou de supetão no quarto dela para ver a que canal ela estava assistindo...

E daí descobriu que a minha mãe não estava, de jeito nenhum, falando de alguma coisa que tinha visto na TV.

Grandmère disse que nem pensou a respeito do que fez na seqüência. Ela simplesmente saiu correndo do sótão e gritando: "Um táxi! Um táxi! Alguém me arrume um táxi!"

Nem ouviu os gritos lamuriosos da minha mãe de: "Minha parteira! Não! Ligue para a minha parteira!"

Por sorte, nossa vizinha de porta, a Ronnie, estava em casa — o que é muito raro em um sábado à noite, já que a Ronnie é do tipo *femme fatale*. Mas ela estava se recuperando de um resfriado e tinha resolvido ficar em casa. Ela abriu a porta, colocou a cabeça para fora e falou assim: "Posso ajudá-la, senhora?"

Ao que minha avó aparentemente respondeu: "A Helen está em trabalho de parto, e eu preciso de um táxi! E para você é Vossa Majestade Real, senhora!"

Enquanto a Ronnie correu para a rua para chamar um táxi, Grandmère voltou para dentro do apartamento, pegou a minha mãe e anunciou: "Helen, estamos de saída."

Ao que minha mãe supostamente respondeu: "Mas o bebê não pode nascer agora! É cedo demais! Não deixa, Clarisse. Não deixa!"

"Eu posso comandar a Força Aérea Real da Genovia", parece que foi o que Grandmère respondeu. "E a Marinha Real da Genovia. Mas a única coisa no mundo sobre a qual eu não tenho controle, Helen, é o seu útero. Agora, vamos."

Toda essa atividade foi o bastante para acordar nosso vizinho de baixo, o Verl, claro. Ele subiu correndo do apartamento dele, achando que a nave-mãe finalmente estava pousando... só para deparar com uma mãe de um tipo bem diferente tropeçando escada abaixo, na direção dele.

"Vou correndo ali na esquina chamar o Frank", o Verl disse quando ficou sabendo do que estava acontecendo.

Então, quando Grandmère conseguiu fazer com que a minha mãe descesse *todas* as escadas de *todos* os três andares do prédio, a Ronnie já tinha garantido um táxi e o sr. G e o Verl estavam correndo pela rua na direção delas...

Todos se apinharam dentro do táxi (apesar de haver uma regulamentação municipal que permite apenas cinco pessoas, incluindo o motorista, dentro de um táxi de cada vez — algo que o taxista aparentemente mencionou, mas ao que Grandmère respondeu: "Você sabe quem eu sou, meu jovem? Sou a princesa viúva da Genovia, a mulher responsável pela atual greve, e se você não fizer exatamente o que eu estou mandando, vou fazer com que VOCÊ também seja demitido!") e foram correndo para o hospital St. Vincent, que foi onde eu, o Michael e o Lars nos encontramos com eles (na sala de espera da maternidade — menos a minha mãe e o sr. G, claro, que estavam na sala de parto) meia hora depois de me ligarem, esperando toda tensa para saber se a minha mãe e o bebê estavam bem.

Meu pai e o Hans se juntaram a nós um pouco depois (eu liguei para ele) e a Lilly apareceu um pouco depois dele (a Tina aparentemente tinha ligado para ela da festa de formatura, se sentindo mal por causa dela, acho, que estava sozinha em casa) e nós nove (dez, contando o motorista de táxi, que ficou por lá pedindo que alguém pagasse pelo estrago que os saltos agulha da Ronnie tinham causado nos tapetinhos do carro dele, até que o meu pai jogou uma nota de cem dólares na direção dele e ele pegou e foi embora) ficamos lá olhando para o relógio — eu com meu vestido de festa de formatura cor-de-rosa, e o Lars e o Michael de smoking. Com certeza somos as pessoas mais bem vestidas no hospital St. Vincent. Se eu tinha alguma unha antes, com certeza não sei. Foram duas horas MUITO tensas até que o médico finalmente apareceu e disse, com uma cara alegre: "É menino!"

Um menino! Um irmão! Vou reconhecer que fiquei, por um segundinho minúsculo, um tantico decepcionada. Eu queria tanto ter uma irmã! Uma irmã com quem eu pudesse compartilhar as coisas — tipo hoje à noite na festa de formatura, quando o Michael provavelmente pegou no meu peito. Uma irmã para quem eu pudesse comprar aquelas plaquinhas bregas — você sabe, aquelas que dizem coisas do tipo: *Deus nos fez irmãs, mas a vida nos fez amigas.* Uma irmã com quem eu pudesse brincar de casinha sem que ninguém me acusasse de ser infantil, porque, sabe como é, seriam as Barbies DELA, e eu estaria brincando com ELA.

Mas daí pensei em todas as coisas que eu podia fazer com um irmãozinho... Sabe como é, mandar ele ficar na fila para as entradas de *Guerra nas estrelas*, uma coisa que nenhuma menina jamais seria idiota o bastante para fazer. Jogar pedras nos cisnes maldosos que ficam no gramado do palácio na Genovia. Roubar os gibis do *Homem-Aranha* dele. Moldá-lo para ser um namorado perfeito para alguma menina sortuda do futuro, igual naquela música da Liz Phair, "Whip-Smart".

E, de repente, a idéia de ter um irmão não pareceu tão horrível.

E daí o sr. G saiu tropeçando da sala de parto, com lágrimas escorrendo pelos lados do cavanhaque, balbuciando igual àqueles macacos do Discovery Channel sobre o "filho" dele e eu entendi... eu simplesmente entendi... que estava tudo certo e que estava tudo bem e que a minha mãe tinha tido um menino... um menino chamado Rocky — em homenagem a um homem que, se você pensar bem, amava e respeitava muito as mulheres ("ADRIAN!"). Eu, de algum modo, entendi que a minha mãe tinha sido escolhida para aquilo de uma maneira divina. Que, juntas, a minha mãe e eu criaríamos o menino que mais ia detonar, o mais não-machista, adorador de Barbie

295

e de Homem-Aranha, educado, divertido, atlético (sem ser burro), sensível (mas não choramingão), que pega no peito das meninas e que não deixa a tábua da privada levantada que já existiu sobre a face da Terra.

Em resumo, criaríamos o Rocky para ser...

O Michael.

Então aqui eu juro, por todas as coisas que julgo sagradas — o Fat Louie, a Buffy e o bom povo da Genovia, nesta ordem — que farei de tudo para que, quando o Rocky tiver idade de ir à formatura do último ano dele, ele não vai achar que é uma babaquice.

Domingo, 11 de maio, 15h, no sótão

Bom, é isso aí. A greve acabou oficialmente.

Grandmère fez as malas e voltou para o Plaza.

Ela se ofereceu para ficar até o Rocky voltar do hospital, para "ajudar" a minha mãe e o sr. G até que eles se adaptem aos horários do bebê. O sr. G tratou de se apressar e dizer bem rapidinho: "Hmm, muito obrigado pela oferta, Clarisse, mas não precisa."

Preciso dizer que acho muito bom. Grandmère só ia me atrapalhar na transformação de Rocky no garoto perfeito. Tipo dá super para ver que ela ia ficar falando para ele o tempo todo: "Quem é o meu meninão? Quem é o totosinho da vovó?"

Falando sério. Olhando para ela, não dá para achar que ela ia dizer uma coisa dessas, mas quando ela viu o Rocky na incubadeirazinha dele ontem à noite, foi exatamente esse tipo de coisa que ela começou a falar. Só que foi em francês. Revoltante.

Agora eu meio que sei por que o meu pai tem dificuldade em estabelecer relações duradouras com mulheres.

Mas, de qualquer jeito, os donos de restaurante finalmente aceitaram as exigências dos auxiliares de garçom. A partir de agora eles vão ter seguro-saúde, folgas remuneradas e férias. Bom, menos o Jangbu, claro. Ele pegou o dinheiro que recebeu por contar a história de vida dele e voltou para o Nepal. Acho que a vida urbana não era muito a dele. Além disso, no Nepal, todo aquele dinheiro vai garantir estabilidade financeira para ele e toda a família durante a vida toda —

isso sem falar em uma mansão palaciana. Aqui em Nova York, ele mal teria conseguido comprar uma quitinete em um bairro meio ruim.

A Lilly parece estar superando sua decepção por não ter ido à festa de formatura. A Tina fez um relatório completo para ela: depois que o Michael, sem cerimônia nenhuma, abandonou todo o resto da Skinner Box para ir comigo ao hospital, o Boris assumiu a guitarra principal, apesar de nunca ter tocado guitarra na vida.

Mas é claro que, por ser um gênio musical, o Boris consegue tocar qualquer instrumento que pegar nas mãos... menos, talvez, uma sanfona ou uma outra coisa assim. A Tina diz que, depois que saímos, as coisas ficaram meio fora de controle, quando o Josh e alguns dos amigos dele começaram a se debruçar do lado do terraço de observação para ver o que conseguiam acertar lá embaixo com cuspe. Mas o sr. Wheeton os pegou, e todos receberam suspensão. Parece que a Lana começou a chorar e disse para o Josh que ele tinha estragado a noite mais especial da vida dela, e que era assim que ela seria obrigada a se lembrar dele quando ele fosse para a faculdade no ano seguinte... puxando catarro lá de cima do Empire State Building.

Que romântico.

Bom, quanto a mim, não tenho com que me preocupar: quando o Michael for para a faculdade no outono...

a) vai ser bem pertinho, na cidade mesmo, então a gente vai continuar a se ver o tempo todo. Ou pelo menos, vamos nos ver muito, e

b) a lembrança que eu vou ter dele não vai ser puxando catarro lá de cima do Empire State Building, mas sim de virar para o meu pai na sala de espera da maternidade e dizer (depois de eu pedir ao meu pai, pela trilionésima vez, se agora que eu tinha um irmãozinho, será que eu não podia ficar em Nova York o verão todo, para conhecê-lo melhor, e o meu pai, pela trilionésima vez, respondeu que eu tinha assinado um contrato e precisava cumpri-lo): "Na verdade, senhor, legalmente, menores não podem assinar contratos, portanto, de acordo com as leis do estado de Nova York, o senhor não pode fazer com que a Mia cumpra as determinações de qualquer documento que tenha assinado, porque na ocasião ela tinha menos de 16 anos, e isso o invalida."

HURRA!!!!!!!!!!!!!!!!!! É ISSO AÍ!!!!!!!!!!!!!!!!!!!

Você tinha que ter visto a cara do meu pai! Achei que ele ia ter um enfarte ali mesmo. Ainda bem que já estávamos no hospital, caso ele tivesse um ataque. O George Clooney poderia ter vindo correndo com um desfibrilador.

Mas ele não teve ataque nenhum. Em vez disso, meu pai só ficou olhando para o Michael com a maior cara de bravo. Fico feliz de informar que o Michael simplesmente devolveu o olhar. E daí meu pai disse, todo sombrio: "Bom... é o que veremos."

Mas dava para ver que ele sabia que tinha sido derrotado. Ai meu Deus, é mesmo uma MARAVILHA ter um gênio como namorado. Realmente é.

Apesar de ele, sabe como é, ele não dominar a arte da remoção de sutiã sem alça.

Ainda.

Então eu finalmente ocupei o meu quarto... e parece que vou ficar por aqui pelo menos boa parte do verão... e tenho um irmãozinho... e escrevi minha primeira reportagem de verdade para o jornal da escola E publicaram um poema meu... e *acho* que o meu namorado pegou no meu peito...

E eu consegui ir à festa de formatura.

À FESTA DE FORMATURA!!!!!!!!!!!!!

Ai, meu Deus, estou auto-atualizada.

De novo.

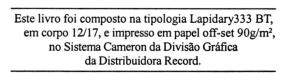

Este livro foi composto na tipologia Lapidary333 BT,
em corpo 12/17, e impresso em papel off-set 90g/m²,
no Sistema Cameron da Divisão Gráfica
da Distribuidora Record.

Seja um Leitor Preferencial Record
e receba informações sobre nossos lançamentos.
Escreva para
RP Record
Caixa Postal 23.052
Rio de Janeiro, RJ – CEP 20922-970
dando seu nome e endereço
e tenha acesso a nossas ofertas especiais.

Válido somente no Brasil.

Ou visite a nossa *home page*:
http://www.record.com.br